Mía

El gato y el ratón.

María Border

Colección Novelas

María Border

Ciudad Autónoma de Buenos Aires - Argentina

Año 2013

1ª edición

DNDA Nº 5100914

A Santiago y Miranda, por vivir la historia.

A Macarena por realizar la portada.

A Silvia y Cristina, por leer siempre.

A Hebe, por los consejos.

A Claudio, por inspirarme.

Capítulo 1

Santiago Albarracín

Finalmente el vuelo aterriza en Buenos Aires.

Venía súper relajado después de un mes en el descontrol de Miami, y la demora en el maldito aeropuerto me estresó.

Odio el tiempo perdido en los aviones. No puedo dormir, no entro en los asientos comunes y estoy obligado a tomar siempre lugares en primera. ¿Cómo es posible que con lo que cobran, no se me permita fumar? Podría emborracharme y hacer mucho más daño que con un simple cigarrillo. Al menos deberían permitirme uno, para acortar el infernal encierro. Tendría que hacerles un juicio, por no brindar más comodidad a los pasajeros.

Lo único rescatable son las azafatas. Siempre caen ante mi mirada y puedo lograr algún que otro privilegio. Si no hubiera sido por una de esas preciosuras de uniforme, habría tenido que viajar sentado, pasillo por medio, junto al apestoso niño gordito (hijo seguro de un poderoso empresario), que no sabe quedarse quieto en su sitio. Ni la morocha sexy que lo cuida, (que seguro hubiera dejado con gusto su trabajo por un rato conmigo en el servicio), logró tranquilizarlo o al menos conseguir que alguno de los tantos bocados de postre que consumió, llegara entero a su boca. ¡Dios! Los chicos son un fastidio.

Miami no estuvo mal este año. Pero para las próximas vacaciones voy a probar con España. Franco siempre dice que Ibiza es incomparable.

Me estiro por fin, después de doce horas de reclusión y fastidio. Al salir del avión y pasar por la manga, detecto el calor insufrible del exterior. Febrero siempre es así de pegajoso en Buenos Aires.

Frente a la cinta del equipaje, busco ansioso mi valija y resoplo. ¡Muero por un pucho!

Delante de mí, una chica se da vuelta para ver quién protesta en su nuca y al verme, cambia de inmediato su gesto de desagrado, por el de embelesamiento al que estoy acostumbrado.

«Si nena, así de atractivo ¿viste? Pero ahora estoy apurado por recoger mi valija y fumarme un pucho afuera», pienso.

Libre del encierro y antes de llamar un taxi, deleito el ansiado cigarrillo, después de más de catorce horas de obligada y sana abstención.

Me doy un vistazo general en la puerta vidriada del aeropuerto, mientras lo aspiro. No estoy tan mal. El pantalón deportivo negro y la remera blanca, resaltan mi bronceado. Desconozco cómo lo adquirí. Llevo casi un mes viviendo más de noche que de día. Me veo bien con este color, resalta mis ojos claros. Hago un gesto de amor a mí mismo, mientras pienso:

«Sin bronceado también estoy buenísimo».

Tengo que subirle el sueldo a Rita. El departamento está impecable y abasteció tanto la heladera como la alacena. Leo su acostumbrada cartita de comunicaciones:

> *"Bienvenido señor Santiago.*
>
> *En el freezer tiene almacenada comida. En la heladera le dejé una ensalada Cesar, solo debe agregarle el aderezo. Déjeme por favor la ropa que traiga para limpiar, en el cesto. Recibí la transferencia de mi sueldo. Sobre su escritorio dejé el correo del mes.*
>
> *Saludos Rita"*

Es una genia. Su ensalada Cesar me tienta terriblemente, la comida de avión es otra de las cosas que odio. Tuesto unos panes para agregarle y famélico me la devoro.

Relajado y tirado en mi cómodo sillón de cuero negro, atiendo el llamado de Franco en mi celular:

—¿Llegaste macho? ¿Cómo te fue en Miami?

—Genial. Legué hace un par de horas. ¿Qué novedades?

—Tenemos secretaria nueva. El viejo contrató una novata y nos la encajó a nosotros.

Mierda. Una novata otra vez.

—¿Qué pasó con Sofía? —pregunto.

—Supongo que se pudrió de que no la tomes en serio —contesta.

No puedo seguir acostándome con alguien del trabajo. Si me gusta, me desconcentro pensando en llevarla a la cama y si no me gusta, en ver cómo me la saco de encima.

—No me culpes por mis encantos —digo en broma, pero seguro de lo que provoco en las mujeres.

—Bueno galán, a la nueva dejala en paz. Estoy podrido de adiestrar secretarias y tenemos mucho laburo.

—¿Cómo va lo de Murray?

Murray es el dueño de una empresa dedicada a la fabricación de insumos eléctricos a gran escala. Tenemos en el despacho su convocatoria de acreedores para presentar. Si logramos los acuerdos, cobraremos una buena tajada de honorarios.

—Vamos bien, pero nos faltan algunas firmas, sobre todo la de Rosales. Hoy me reuniré con él —informa Franco.

—Ok, mañana estoy por el estudio y me empapo de todo. ¿Cómo se llama la nueva?

Franco del otro lado de la línea, larga su carcajada:

—Se llama Miranda y está bien buena.

Un nombre espantoso. Dijo que era novata, pero tiene nombre de vieja. Franco suele jugarme esas bromas. Si la contrató el padre, seguro debe ser un adefesio.

—Mejor —me digo en voz alta—, tenemos mucho trabajo y así no me distraigo.

Salgo del confort que me otorga el aire acondicionado de mi *Audi*, al calor sofocante del estacionamiento. Lo más rápido que puedo me introduzco en el hall de acceso a la oficina. Estos edificios viejos de Tribunales son muy pintorescos, pero uno muere de calor hasta llegar a un aire acondicionado. Me zambullo en el ascensor con otras dos personas, cuando una rubia despampanante entra apurada.

Lleva pollera tubo un poco arriba de las rodillas, una camisa blanca sin mangas con los tres primeros botones desabrochados. Mientras se introduce en el receptáculo, se va calzando como puede, un blazer del mismo tono que la pollera.

«Guau», pienso. Tiene muy buenas piernas, pero me atrapa más su escote. Pechos en punta y bien formados. El bronceado le queda estupendo. Debe tener no más de 18 o 19 años. Piel fresca, algo ruborizada seguramente por la corrida. Huele a jazmines. Mientras la observo, detecta mi mirada lasciva y hace un gesto mirándome de arriba abajo, que se podría traducir como: "*Sí muñeco, acá estoy yo*"

¿Y eso? Me atrapó su desafío. Es de las mías. ¿De qué oficina será el bombón?

El ascensor para en el noveno. Con sorpresa veo que baja en mi piso y entra en nuestro estudio.

«¡Mierda! Que no sea la secretaria nueva por favor», ruego para mis adentros.

Le abro la puerta, porque soy un caballero con modales. Eso a las mujeres les encanta… y suma.

La recepcionista abre los ojos al verme, en señal de recuperar un poco de su lívido perdida hace años y me saluda con un caluroso "Bienvenido" en tanto le dirige a la rubia un tranquilo: "Buen día Miranda"

Molesto, pienso:

«Miranda. Mierda. Es la secretaria nueva. ¡Qué cagada!»

Pero oculto perfectamente mi incomodidad dándole un beso en la mejilla a la recepcionista. Sé que eso le gusta. Cada vez que me acerco, me aspira como queriendo quedarse con todo mi perfume de una sola bocanada. Pobre mina, se ve que el marido y ella están necesitando un poco de acción. La de ratones que debo despertarle con un simple saludo.

Franco me ataja camino a mi despacho, estrechándome en un fuerte abrazo de bienvenida:

—¡Buen día Santiago! Te mataste con el sol. Menos mal que no fuiste en Junio o estarías negro.

Le devuelvo el saludo y le comento el percance reciente:

—La conocí a Miranda en el ascensor. ¿Las tetas son de ella o las compró?

Franco hace gestos para que baje la voz, y me susurra al oído:

—Me parece que son de ella. Está buenísima, pero es agreta. Vamos primero al despacho del viejo que nos está esperando y después te la presento formalmente.

Hubiera preferido ser presentado primero y tener la posibilidad de dejar mi *attaché* en el escritorio, pero cuando Manuel Salerno llama, hay que acudir de inmediato, en eso es súper cabrón, no sabe esperar por nada.

Subimos por la escalera de a dos escalones por vez, para llegar al magnífico piso de uso exclusivo del dueño del estudio, el padre de Franco, Manuel Salerno.

Su secretaria nos anuncia y pasamos al instante.

—Bienvenido Santiago. ¿Recargaste energías en el norte? —me recibe con afecto.

Devuelvo el saludo con un apretón de manos mientras él me palmea un par de veces el hombro.

Su hijo y yo nos hicimos amigos entrañables en la escuela primaria. Es como un padre para mí, y sé que me quiere casi como a un hijo. Al menos me ha dado gran cantidad de sermones como si lo fuera.

—Muy bien, terminados los formalismos, tengo varias cosas para decirles —arranca Manuel.

El tono, desde el vamos, no me gusta nada.

—Primero: hice pintar todo el estudio, seguro no lo notaron. No quiero a nadie fumando adentro. Si tienen necesidad de un pucho, salen al balcón.

Pongo mi mejor cara de pollo mojado y preocupado. ¿Cómo voy a hacer para laburar sin un pucho en la mano?

Soy muy bueno cuando fumo, y se me ocurren ideas brillantes. Hago mi reclamo—: A ver Manuel… hay casos especiales. Vos sabés que en medio del estrés de un juicio…

—Analizate Santiago. Acá adentro no se fuma más —sentencia.

Resoplo enojado, pero no se inmuta y continúa con su listado.

—Segundo: Si van a tener una noche de juerga, no aparezcan por la oficina al día siguiente.

—¡Mierda Papá! —le tocó el turno a Franco— Había sido el cumple de tu hijastra.

—Sin excepciones. Tercero: después de un par de intentos de robos en el edificio, hice instalar cámaras de seguridad por todos lados. Los únicos dos sitios donde no hay cámaras, son la sala de reuniones de ustedes y la mía.

Eso me parece bien, es una forma de intimidar y registrar cualquier delito dentro del estudio.

—Cuarto: No voy a tolerar más amoríos con el personal. Franco… —dice mirando al hijo—, en el ascensor no hay cámaras, pero me entero igual. No quiero volver a saber que te tranzás a otra secretaria, como lo hiciste con Lucía.

Miro a Franco sorprendido, no tenía idea que se había apretado a Lucía.

—Tampoco voy a tolerar que se revuelquen con nadie en el archivo. ¿Te queda claro Santiago? —pregunta, fijando el reclamo en mí.

¿Cómo se enteró de eso? ¿Será por esa culeada sencillita de parados y a las apuradas con Sofía, que ella se fue?

Franco me saca de mis pensamientos, al reclamar:

—Si tanto te jode, ¿para qué mierda contrataste al minón infernal que está ahora en nuestro despacho?

Manuel hace gala de su mejor cara de enojo y levantando un poco la voz, responde a su hijo—: No contraté a un minón infernal, contraté a una secretaria. Respétenla porque a la próxima queja, los rajo a los dos.

Salimos del despacho del jefe pensando si será una más de sus acostumbradas amenazas, o si esta vez lo dice en serio, cuando recuerdo y le pregunto a Franco:

—¿Apretaste a Lucía en el ascensor?

—Un simple besito inofensivo. Nada comparado con tu revolcón en el archivo.

—¿Habrá puesto cámaras también en el archivo? —pregunto realmente preocupado, el archivo es sumamente excitante. Una mezcla de adrenalina por apuro y sabor a trampa.

Se me hace agua la boca cuando llegamos al escritorio de la secretaria nueva y uno los dos pensamientos.

—Miranda le presento al doctor Santiago Albarracín —dice Franco.

Veo por su cara, que ni ella se cree la ceremonia de la presentación, pero se para correcta y me tiende la mano. Le correspondo. Su piel es suave y tiene buena temperatura corporal. Antes de que mis pensamientos me jueguen una mala pasada, la dejo retirar su mano y la miro a los ojos.

Guau. Ojos verde oscuro, con algunas rayitas marrones, pestañas largas. No me había cruzado nunca una rubia con esos ojos. Es extraño, ella parece no prestarme mucha atención. No estoy acostumbrado a que las mujeres me ignoren y le lanzo uno de esos gestos que sé hacer con la boca, mientras entrecierro los ojos de manera pícara.

¿Nada? No puede ser, ¿no le provoco nada? Si es lesbiana me mato.

Sobre mi escritorio están acomodadas en perfecto orden, mi agenda y el currículum de Miranda. Abro primero lo último. Obviamente. Lo urgente es lo urgente. Veamos:

Miranda Serrano... 23 años...

«Le daba menos»

... Argentina, nacida en Azul, provincia de Buenos Aires.

... estudia

«¿Diseño gráfico? ¿Qué hace una estudiante de diseño, en un buró de abogados? »

Soltera «menos mal»...

Vive en Palermo «Genial, me queda de camino»

La foto no la favorece. No muestra ni sus tetas ni su culo.

¿Por qué la habrá contratado Manuel? No parece reunir los requisitos. ¡Qué carajo me importa porqué mierda la contrató el jefe! Está buenísima.

Decido llamarla por el intercomunicador. Quiero tenerla otra vez cerquita, para entender por qué es tan fría.

—Miranda. ¿Puede venir un momento por favor?

¡Bien! Fui cortés y correcto. El minón entra en mi oficina al instante. Ya no tiene el blazer azul. En la mano trae anotador y lapicera.

—Siéntese Miranda, vamos a trabajar juntos y quiero saber más de usted.

Lo hace entrecruzando sus largas piernas al instante. Doy las gracias a mi escritorio con tablero de vidrio, que me permite apreciarlas, pasando con suavidad mi mano por el mismo y acariciándolo. Observa mi gesto.

«No sabés muñeca de lo que soy capaz con estas manos».

Tiene tacos, pero puedo calcularle más o menos, tomando como referencia mi metro noventa, que ella debe estar por el metro setenta. Es alta. No necesito subirla a upa. Alejo esos pensamientos. Ahora quiero conocerla un poco más.

—¿Por qué un despacho de abogados Miranda? Acá dice que estudia diseño gráfico.

—¿Es un obstáculo para ocupar mi puesto? —me pregunta sin responder. Muy mala costumbre, sentencio.

Voz suave, tranquila. La voz de las minas tiene que ser así. Odio que chillen si no es por placer.

—Está acá, lo que comprueba que no lo es. Era curiosidad solamente. —Vamos mal, intento por otro lado—: Antes trabajó en una productora de cine, ¿Por qué se fue?

—Buscaba un sueldo fijo.

Buena respuesta. Esos lugares exprimen a los estudiantes, con la excusa de las pasantías, y les pagan miserias.

Continúa con los tres primeros botones de la blusa desabrochados, y puedo ver perfectamente la separación de sus pechos. Debo haber hecho un gesto, que juro fue inconsciente, porque se ruborizó un poco. Me encantan las tímidas, aunque ésta no lo parecía.

Sin bajarme la mirada, se abrocha un botón y me maldigo por haber sido tan evidente y quedarme ahora privado de esa vista. Pero al menos eso me permitió comprender, que de tímida no tiene nada.

—Le habrá dicho el doctor Salerno, que será la secretaria de Franco y mía.

Asiente con la cabeza y prosigo:

—Franco le habrá comentado su forma de trabajar, ahora le informo sobre la mía.

Busco mi mejor tono profesional antes de continuar:

—Soy exigente. Cuando pido algo, lo quiero sin demoras. Si le digo que no estoy para nadie, no estoy para nadie fuera del estudio, excepto mi madre.

«Con ella no jodo».

—Cuando estamos en medio de un juicio, me concentro mucho y necesito concentración a mi alrededor. Seguramente algún día la necesitaremos fuera del horario laboral…

Me interrumpe sin dejar que continúe.

—Hasta aquí no hay problema. Soy ordenada y obsesiva del trabajo. Comprendo las indicaciones sin necesitar que me las repitan. Tal vez no esté familiarizada con términos jurídicos, pero aprendo sin dificultad. Con respecto a trabajar fuera de hora, es imposible.

—¿Por qué? —me molesta su aire de superada.

—Porque vivo Doctor. Fuera de la oficina me dedico a vivir. Acá trabajo de nueve a cinco.

La muy turra me la mandó a guardar. Seguro que no necesita la plata.

Mi intriga me juega una mala pasada y pregunto sin pensar antes—: ¿Está en pareja? ¿Tiene novio?

—Hablábamos de temas laborales. Mi vida fuera de la oficina es privada.

La hubiera estampado contra la pared. Pero decido que es mejor no hacerlo. No tengo que olvidarme de las malditas cámaras que instaló Manuel.

—Estamos preparando una convocatoria de acreedores muy importante para el estudio. Le habrá comentado Franco —digo, intentando saber si está al tanto.

—Murray —dice, mientras asiente con la cabeza y su rubio, lacio y largo pelo, se mece hacia arriba y hacia abajo, rozándole el escote.

«¡Guau! »

—Exacto —digo recompuesto. Soy un profesional.

—Necesito que busque su carpeta, tengo que chequear los acuerdos que tenemos firmados hasta ahora.

Se para. Mientras lo hace me pregunta si preciso algo más. Niego y sale por la puerta haciendo equilibrio en sus tacones altos con esa pollera ajustada.

«¡Dios! Estoy en problemas. Malditas cámaras».

El trabajo me absorbe. La convocatoria de Murray es muy compleja. La oficina de Franco se conecta con la mía, sin necesidad de pasar por el escritorio del minón, y generalmente tenemos la puerta abierta, para comunicarnos directamente.

Trabajo tan concentrado, que no salgo a almorzar siquiera y mi estómago me reclama alimento. La llamo por el intercomunicador:

—Miranda. ¿Me puede pedir una hamburguesa y una gaseosa por favor?

Un "Enseguida doctor", me contesta al instante.

Son casi las cinco y mi mente, todavía en Miami, no da más. Franco entra a mi oficina al mismo tiempo que Miranda. La atiendo primero a ella, después de todo, es una dama.

—Si no necesitan nada más, me retiro —dice.

Ya tiene puesta su cartera colgando del hombro, y no me olvido que se niega a hacer horas extras. Lo miro a Franco buscando su parecer, y los dos la despedimos hasta mañana. Sale regalándonos su ida espectacular de melena meciéndose y trasero bien formado, seguramente realzado por estar subida a esos tacos.

Mi colega y yo, miramos la cara de tontos que ponemos ante el minón.

—¡Tremenda! —dice— Creo que mi viejo quiere rajarnos. ¿Cómo carajo vamos a hacer para no aplastarla contra el escritorio?

Levanto los hombros en señal de estar de acuerdo con él. Miranda es hermosa y muy esquiva, lo que me provoca mucho más.

—¿Cenamos juntos? —propone Franco.

—No puedo. Le prometí a la vieja que cenaría con ella. No la veo desde antes de las vacaciones.

—Tendríamos que enganchar a tu vieja con mi viejo. Me encantaría tenerla de mamacita.

Cierra la puerta justo antes de que le lance el legajo de Murray a la cabeza. Con mi vieja es con la única mujer que no acepto que se joda. Además Ana, su madrastra, me cae súper bien.

*****

MIRANDA SERRANO

El estudio es imponente, soberbio. Dos pisos completos en pleno Tribunales, donde detalles de buen gusto y pensada selección, lo acondicionan para otorgarle la apariencia de solemne y confortable. Si la decoración refleja la capacidad, los clientes al entrar en él, deben sentirse en las manos correctas.

En recepción me indican que suba por una escalera interna al piso superior, donde está el despacho del Doctor Salerno.

La secretaria del dueño del estudio me da la bienvenida, invitándome a tomar asiento en los cómodos sillones y me advierte que seré atendida en breve. Impecablemente vestida con un traje de pantalón y blazer negro, una blusa de seda en tonos pastel, el cabello recogido en un rodete y delicadamente maquillada, me permite calcularle unos cuarenta años en perfecto y cuidado estado.

Le doy un vistazo a mi aspecto. El tiempo pasado en la productora me deterioró la elegancia. ¿Cómo se me ocurrió venir con *jeans*?

Necesitaba salir de la productora, no soportaba más el acoso de Carlos. Viejo verde y jodido, que me hacía quedar después de hora para perseguirme y hostigarme. Pienso en lo idiota que fui, en no haberme ido antes. Tan ingenua, que pensé que allí daría comienzo mi vida profesional ni bien me recibiera. Necesito cambiar de aire, buscar un lugar donde trabajar entre gente formal y más normal. Afortunadamente Cristina se enteró de esta vacante.

El suave timbre del intercomunicador de la secretaria me saca de mis pensamientos.

—Señorita Serrano —me indica—, el Doctor Salerno la está esperando. Por aquí por favor.

Entro a un despacho enorme, cuyo ventanal ofrece vista a la gran plaza de Tribunales y el magnífico Teatro Colón. Salerno sale detrás de su escritorio para tenderme la mano. Es un hombre de unos cincuenta y tantos, elegante, alto, delgado. Interesante.

—Buen día señorita Serrano. Tome asiento por favor.

Lo hago un tanto perturbada por su presencia y muy caballerosamente espera a que me acomode antes de sentarse él también.

Esto en la productora no pasaba.

—Señorita, revisé su currículum y la prueba que hizo en la consultora. Estoy conforme con la misma, pero tengo algunas dudas respecto al currículum.

Sostiene en sus manos, lo que creo será el informe que le envió la consultora sobre mí. Muevo la cabeza asintiendo, y me dispongo a escuchar sus objeciones.

—Aquí dice que está pronta a recibirse de Diseñadora Gráfica, y que con anterioridad se desempeñó como asistente en el sector creativo de la *Productora Carlos Lombardo y Asociados.*

—Es correcto.

Levanta la vista para observarme, dejando sobre su escritorio el informe.

—¿Por qué el cambio de rumbo señorita?

—Busco un sueldo fijo doctor. En la productora, por el momento, no pueden otorgármelo.

—Comprendo eso. Pero tengo un informe por separado…

Hace una pausa para aclararme los motivos por los que lo solicitó—: Es común que pida informes confidenciales del personal que trabaja para mi estudio. Manejamos cuentas de clientes cuya trascendencia nos obliga a ser cuidadosos. Le comunico que a este apartado, solo yo tengo acceso.

Me asombra lo que dice. Estoy ansiosa por saber cuánto de mí averiguó el doctor Salerno.

—Le decía, que en el informe aclaran, que usted es hija de un importante hacendado de la provincia de Buenos Aires. Su situación financiera es más que cómoda. Vive en un departamento de su propiedad, su cuenta bancaria tiene un buen saldo… En fin, usted dice que busca un sueldo fijo, pero dudo que precise de él.

Me sorprende lo mucho que sabe de mí este hombre. ¿Cómo obtiene esa información sobre alguien que simplemente quiere trabajar en su estudio?

—El informe que le acercaron es correcto doctor. Pero debería especificar mejor, que todo lo que describe no lo he obtenido por mi propia cuenta, sino que me ha sido facilitado por mis padres. Intento forjarme sola. ¿Son impedimentos para acceder al empleo, mi condición social o económica?

Me parece que la respuesta es de su agrado, porque vislumbro una leve sonrisita en su boca.

—No lo son en absoluto señorita Serrano. Solo quiero que tenga en cuenta, que el puesto precisa de una persona que trabaje con dedicación. Tal vez prejuzgo, en ese caso le pido me disculpe, pero si el dinero no es importante para usted, tal vez no entregue en su tarea la dedicación necesaria.

Ya me está molestando el doctor. Si le digo que no es mi dinero, ¿por qué cree que no quiero armarme mi propio futuro?

—Prejuzga doctor. Pero acepto sus disculpas. Mis padres me han dado la posibilidad de iniciarme en la vida con algunas ventajas que no todo el mundo a mi edad posee. Eso no quita que yo pretenda vivir y crecer por mí misma. ¿Tiene alguna otra objeción, o duda?

Me escucho contestarle, casi con desparpajo en la voz. Me cuesta mucho conseguir ese tono dulce que Cristina maneja tan bien. Él no se molesta, creo que hasta le alegra mi respuesta.

Pienso en mi padre. Si cualquier persona que fuera entrevistada por él para un puesto en la estancia, le contestara con estos humos, iba a recordar de por vida el sermón que le echaría. Si quiero mantener mi postura, no me conviene pensar en papá. En cuanto se entere que estoy en una entrevista de trabajo, el sermón lo recibiré yo. Me concentro en lo mío y escucho a Salerno contestarme:

—Ninguna duda más, señorita. Antes de confirmarle su puesto, quiero comentarle para quiénes trabajará —dice acomodándose la corbata—. Lo referido a sus tareas se lo indicarán mi secretaria y los doctores Franco Salerno y Santiago Albarracín. Los dos serán sus jefes —comenta—. Su puesto de trabajo está junto a ellos en el piso inferior.

De manera que tendré dos jefes. Seguro el tal Franco es su hijo. Sería demasiada coincidencia que tuviera el mismo apellido.

—Mi secretaria le informará sus tareas y le indicará cómo debe presentarse a trabajar. Disculpe, pero no admitimos *jeans.*

Lo sabía. Ya me lo había imaginado. No soy tonta.

—Los doctores Salerno y Albarracín se encuentran de vacaciones, reanudan sus tareas los primeros días de Febrero.

Hace una pausa, como buscando las palabras indicadas antes de proseguir:

—Señorita Serrano…, prefiero ser sincero con usted ahora, a que nos lamentemos luego. Ambos son excelentes profesionales. Astutos como pocos y envidiablemente hábiles. Pero jóvenes y… —carraspea aclarándose la garganta—, atractivos.

Me mira como esperando una respuesta de mi parte. Pongo mi mejor cara de "no tengo idea a dónde pretende llegar" y continúa:

—No me malentienda por favor. No quiero prejuzgar otra vez. Solo pretendo ponerla al tanto, que estará bajo las órdenes de dos profesionales, y soy yo quien la contrata como secretaria de los mismos. Ante la primera muestra de un acto que no se corresponda con las labores para las cuales lo hago, daré curso a su inmediato despido.

¡Caramba! Este tipo debe estar cansado de que su hijo y el otro, se paseen por el estudio seduciendo mujeres. En algún lugar me da pena. Paso por alto lo que podría ser un insulto, me pongo en su lugar y declaro:

—Considero su comentario como un requerimiento del mismo calibre que el referido a la vestimenta apta para el trabajo. Por mi parte no estoy interesada en relacionarme de otra manera que no sea la laboral.

—El puesto es suyo. Comienza el lunes próximo. Bienvenida.

Aprovecho la semana libre antes de comenzar a trabajar, para acondicionar mi vestuario a los requisitos del estudio. Ese tipo de ropa no se encuentra en mi placar. Dos años en la productora y un mes de vacaciones en casa de mis padres, son suficientes logros, como para merecer un cambio radical, no solo en el trabajo, sino también en mi vida.

—¡Que solemnes que son en tu trabajo! En el mío no me dicen nada de cómo tengo que ir vestida —comenta mi amiga Cristina.

Ella es secretaria en un estudio contable relacionado con el de Salerno. Es quien me consiguió la entrevista, en cuanto se enteró que buscaban cubrir un puesto. Aunque me enviaron a la consultora contratada para hacer el examen, sé que un currículum que parte del *Estudio Contable Lasalle*, no es poca cosa. Y eso se lo debo a mi amiga.

Vivo en el departamento que mis padres pusieron a mi nombre en Palermo junto a ella, a quien conozco desde la escuela primaria en Azul; y con Federico, un gran amigo que conocí en la facultad, ni bien llegué a Buenos Aires. Federico es de Córdoba y si no lo hubiera hospedado en casa, el pobre andaría alquilando un lugarcito en algún hostal para estudiantes. No me quedó más remedio que ofrecerle el *futón* del living a manera de cama. Lo único malo es que, debido a su elección sexual, suele tomar prestado de nuestros vestidores, algún que otro accesorio femenino, que jamás regresa a su sitio. Una gran pena su elección sexual, más de una quisiera tener a su lado un bombón tan apetitoso como él.

—Quiero todos los detalles de tus jefes ni bien empieces. A lo mejor yo también lo dejo a Carlos y me consigo un puestito con vos al lado de los abogaditos —dice Federico, que es divertido y lanzado.

—Una de las condiciones antes de darme el trabajo, fue que donde se come no se… —le advierto sin terminar la frase.

—Salerno es un amargo, nena, ¿sabés lo que hago yo con sus condiciones si tus jefes son atractivos?

Lo dicho, es divertido y lanzado. Se nota que no le vio la cara a Salerno padre, cuando me lo advirtió.

Paso toda una semana asimilando directivas, archivando legajos y ordenando las agendas de mis jefes, que siguen de vacaciones. Me siento más segura, aunque todavía me queda el cosquilleo en el estómago ante la curiosidad por conocer a los dos culpables de los rumores que constantemente circulan por lo bajo en los pasillos del estudio. Con solo escuchar las anécdotas que la recepcionista me cuenta sobre ellos, ya tengo suficiente para acatar lo que considero fue la cláusula más importante, que me impuso Salerno cuando me contrató.

El lunes conozco a Franco Salerno. Guapo, alto, elegante. Me dirige un par de miradas poco profesionales, mientras en su despacho me pone al tanto sobre su forma de trabajar y lo que espera de mí. No me parece para nada peligroso. Un facherito más, seguramente un poco agrandado por sus resultados laborales y por ser el nene del jefe. Pero nada de cuidado.

El martes no la tengo tan fácil. Santiago Albarracín casi me tira al piso cuando lo veo en el ascensor. No sabía que era mi otro jefe y ante su mirada, no puedo evitar enrostrarle mi bien ensayada pose de "Atrevete y veremos", ataviada en el disfraz de secretaria, que me regala un aire un tanto sofisticado.

Es alto, bronceado, con impactantes ojos azules, un perfume que aturde y metido dentro del traje gris oscuro, tiene la elegancia bordada y abrochada para toda la vida.

Al enterarme que es mi jefe, cambio de postura en el acto, comprendo muy bien la recomendación de Salerno padre y pienso que las mujeres deben morir al verlo.

Su mirada es avasalladora, su voz no me permite mantener la concentración. Dentro del despacho todo es aún peor y me cuesta un triunfo mantenerme fría y distante.

Me sorprende cuando dirige su mirada a mi escote. Mis mejillas seguro se ruborizan, porque siento el calor en ellas. Lo peor es volver a recuperar la compostura después de eso. Con la mirada encontró el canal directo al botón que enciende mi deseo y todavía no comprendo cómo lo hizo.

Casi no escucho la pregunta que me hace después. Tengo que llamarme a juicio para poder seguir sentada y entender cómo se concentra y que solo atiende a su madre. Hasta que se enciende la alarma, que gracias a Dios poseo, cuando habla de las horas extras.

—Hasta aquí no hay problema. Soy ordenada y obsesiva del trabajo. Comprendo las indicaciones sin necesitar que me las repitan. Tal vez no esté familiarizada con términos jurídicos, pero aprendo sin dificultad. Con respecto a trabajar fuera de hora, es imposible.

Me asombro a mí misma de la contundencia que le doy a mis palabras.

—¿Por qué? —pregunta visiblemente molesto.

—Porque vivo Doctor. Fuera de la oficina me dedico a vivir. Acá trabajo de nueve a cinco.

Será muy atractivo, pero conmigo no se juega. Con Carlos aprendí a escaparme y aun así tenía serios problemas. No puedo andar repartiendo cachetazos y rodillazos en el trabajo, como lo hacía en la secundaria. Lo mejor es dejar las cosas en claro de antemano.

«Ya me parezco a Salerno padre».

—¿Está en pareja? ¿Tiene novio?

—Hablábamos de temas laborales. Mi vida fuera de la oficina es privada.

A ver si lo entiende el machista este, que las mujeres nos divertimos aunque no tengamos un novio. Finalmente se parece a mis hermanos. Estoy haciendo un esfuerzo sobrehumano por encontrar el botón de apagado de todo lo que su voz y su presencia me provocan y ni por todo el oro del mundo me quedo con él a solas.

—Estamos preparando una convocatoria de acreedores muy importante para el estudio. Le habrá comentado Franco —dice cambiando el tema.

Bien, finalmente vamos a trabajar. Eso es bueno, poner distancia es lo mejor que me puede pasar, así me relajo un poco.

—Murray —asiento, dándole a entender cuán profesional puedo ser. Pero mi respuesta lo incomoda.

—Exacto. Necesito que busque su carpeta, tengo que chequear los acuerdos que tenemos firmados hasta ahora —pide con un tono entre mandón y decepcionado.

Me pregunto qué decepción puede causarle el que yo me encuentre consustanciada con mi trabajo, pero mejor le pregunto si no quiere nada más. Cosa de salir rápido de este antro, mezcla de seducción y promesas de seguro placer.

¡Dios! Estoy en problemas. Lo reconozco. Pero afortunadamente la jornada transcurre casi sin volver a cruzármelo.

Salerno hijo se pasa el día entrando y saliendo del despacho. Albarracín, en cambio, se mantiene encerrado en el suyo y solo me topo con él para llevarle el almuerzo y algún que otro café. Al llegar la hora de irme, están los dos en la oficina de Santiago, pido permiso para retirarme y es justo cuando vuelvo a ver esa mirada azul derribante que invita al deseo.

«Estoy en serios problemas», pienso mientras busco la salida a la cordura.

CAPÍTULO 2

Mamá vive en un country exclusivo de zona Norte. Cuando mi viejo murió, se mudó allí para estar rodeada de sus amistades y de mi hermana Gabriela. Un recurso para no sentirse sola.

Tiene una casa, que bien podría haber sido tomada de cualquier revista de arquitectura o diseño de interiores. Cada cosa está en ese lugar, respondiendo a un exhaustivo y meticuloso estudio anterior.

Me abraza ni bien llego, recorriéndome con la mirada, chequeándome, como siempre.

—Tenés que tener más cuidado con el sol Santi. ¿No escuchás a los médicos cuando dicen que hace daño?

Ya empieza. Todavía no llegué y ya está ejerciendo de madre.

Sé cómo cambiar eso—: Debo estar horrible.

Listo. Su mirada se transforma en admiración con mezcla de ternura. Me acaricia el pelo y dice:

—No hay en el mundo un hombre más bonito que vos hijo.

¡Esa es mi madre! Hoy necesito un poco de su afecto. Miranda y Murray me dieron todo el día para que tenga y guarde.

Hablamos durante la cena, de sus vacaciones en Punta del Este junto a los Terrada, y de las mías en Miami. Escucho algunas quejas del personal doméstico que cada día es menos cumplidor. Pongo mi mejor cara de interés sobre el tema, pero se ve que perdí la práctica en las vacaciones:

—No seas grosero Santiago. Al menos podés fingir que te preocupa mi bienestar.

—Reina, no te enojes, tengo todavía el cambio de horario en el cuerpo —digo mientras le estampo una serie de besos en la mano y cambio el tema:

—Tenemos secretaria nueva. Se llama Miranda.

—¿Qué pasó con Sofía?

—No sé, me enteré de los cambios cuando volví.

—¡Qué pena! Sofía era muy amable, y bonita. ¿Ustedes dos no habrán hecho nada para que se fuera verdad?

—¡Mami! —respondo con aire ofendido por su insinuación—. Somos profesionales, no andamos molestando al personal.

Se ve que no logro ser convincente, o tal vez es que estoy frente a mi madre, porque ella esboza esa mueca levantando su ceja izquierda, que me recuerda cuando de chico le perjuraba que no había tenido nada que ver con la travesura con la que se me culpaba, y la muy adivina no me creía. Finalmente sigue con su indagatoria:

—¿Y qué tal la secretaria nueva?

—Infartante.

Lanzo una carcajada para que considere mi respuesta como una broma luego de su referencia a la salida de Sofía, y no como lo que realmente es, una traición pública de mi subconsciente.

Desconozco si se hace, o si lo logro, porque sigue:

—¿Cuándo empezó?

—Hace unos días.

—¿Edad?

—Es chiquita, tipo diecinueve o veinte, no sé —miento, para parecer indiferente.

—¿Bonita?

—Mami, parecés la *Gestapo*. Es bonita, normal… ¡Qué sé yo! Estás más preocupada por su aspecto que por preguntar si es eficiente.

—Bueno… si te reincorporaste hoy, poco sabrás de su eficiencia… Pero conociéndote, estoy segura que chequeaste muy bien su aspecto.

Y sí. Es mi vieja. Me conoce como pocos. Aunque para ser sincero, ese aspecto mío es *vox populi*.

Me despierto absolutamente repuesto. Tengo todo el tiempo del mundo para ducharme, desayunar y prepararme para afrontar otro día de trabajo… y a Miranda.

Repaso mentalmente lo mucho que recuerdo de su espléndida figura, así como sus miradas y contestaciones. Retrocedo al instante mismo del ascensor. Me reclamó que no me meta en su vida privada, pero en aquel minúsculo lugar, pareció más un desafío que un rechazo.

«En el ascensor no sabía que eras su jefe», me reprocho por lo tonta de mi elucubración.

Desayuno molesto, con la duda rondando mi cabeza. ¿Rechazo o desafío? Mierda, tengo que encontrar la respuesta de alguna manera.

«Santiago Albarracín busca trabajo después de que su jefe lo rajó de una patada en el trasero».

Ocho y media y ya estoy en mi escritorio. Ni el de seguridad de planta baja lo puede creer. El minón no llegó y decido ojear otra vez el legajo de Murray. Hoy tenemos una reunión importante con él. Espero que la infartante se haya acordado que tenemos un desayuno en la oficina y traiga algo rico, finalmente se me atragantó el jugo esta mañana por su culpa.

La siento llegar y mis hormonas se despiertan aplaudiendo. ¿Será que siguen con el horario de Miami?

—Buen día doctor. Voy a la sala de reuniones a disponer todo para la reunión —dice fríamente, enfrascada en un pantalón negro, que no puedo entender cómo hizo para calzarse, y una odiosa blusa con cuello redondo que no me permite ver su piel. Todavía no comprendo cómo hago para notar el paquete de confitería que trae consigo. Pero le regreso el saludo formalmente:

—Buen día Miranda. Por favor además del desayuno, no olvide las carpetas de acuerdos.

Tiene que ir a buscarlas al archivo. No me molestaría en lo más mínimo acompañarla. Pensándolo mejor, puedo acompañarla. Tal vez la pobre chica necesite ayuda. Todavía no llegó nadie, con lo cual tengo vía libre. ¿Habrá puesto Manuel cámaras en el archivo?

Entro al sector donde guardamos toda nuestra historia y actualidad como estudio jurídico. El olor a papel y polvo acumulado, es lo más desagradable del lugar. La veo buscando, estirándose un poco al descubrir lo que le solicité y me acerco con cuidado y en silencio. Llego hasta ella y le rozo como al pasar, su hombro con mi brazo. Mientras me adelanto a tomar la carpeta en su lugar, puedo sentir el temblor que le produce mi toque.

«Hey muñeca —pienso—, por lo visto no te soy tan indiferente como ayer. Ahora ya sé que lo tuyo era un desafío».

Da un paso hacia atrás separándose, mientras me increpa—: ¿Necesita algo más?

—No —respondo clavándole mi mirada azulina y seductora, que comprobadamente sé, no falla.

—¿Supuso que no podría hacerlo sola? —pregunta, cortándome todo el clima que intentaba generar.

—¿Disculpe?

—Porque si no necesita otra cosa más que las carpetas que me envió a buscar, no comprendo su presencia en el archivo. Salvo que prejuzgara que yo no soy capaz de llevar a cabo su encargo.

¿Es tarada o se hace? Me está cagando a pedos y el jefe soy yo. Mierda y re mierda. Es la segunda vez en veinticuatro horas que me reprimo el impulso de estamparla contra la pared.

—Quise asegurarme que no tuviera inconvenientes. Por lo visto usted no llega bien al estante. Pero descuide Miranda, no volveré a herir su susceptibilidad.

Y andá a hacerte la superada con otro. ¿Histeriqueos a mí, que no me creo una? ¡Por favor!

«Mierda me equivoqué era rechazo. Debe ser lesbiana».

Regreso a mi escritorio furioso, portando las carpetas del archivo. Con la bronca me olvidé de revisar si veía alguna cámara.

Franco llega cinco minutos antes que nuestro cliente y no tenemos tiempo de acordar ninguna estrategia. Pero estamos acostumbrados a improvisar sobre la marcha.

Miranda nos informa que Murray está en la sala de reuniones. Le hago un gesto a Franco para que se limpie la baba no tan imaginaria, que cae por su pera, y entramos detrás del minón, a enfrentarnos con la cuenta más salada que haya caído en nuestras manos.

La infartante absorbe la atención de Murray, lo que por un lado no nos obliga a ser tan fantásticos, pero por otro me molesta hasta el tuétano. ¿Por qué me molesto tanto?

Murray debe estar recordando el trasero que dibuja ese pantalón, porque por el momento solo tiene ante sus ojos la ridícula blusa. Dudo mucho que esté mirando sus ojos, por muy bonitos que sean, no se comparan con su trasero, sus piernas o sus tetas. Y éstas últimas, hoy nos son injustamente negadas.

—Murray —comunico al cliente—, pensamos ofrecerle a Rosales esas condiciones, y esperamos que firme el acuerdo. Franco ya le adelantó algo y el tipo parecía conforme. Salvo por ese par de puntos con respecto a los plazos, del resto no tenía objeciones.

Me vi obligado a esperar unos segundos por su respuesta. Se ve que Murray no puede procesar la vista de un minón y una propuesta económica al mismo tiempo.

—Bien Doctor. Cuando tengan todo listo me avisan.

—Perfecto entonces.

Estrecho la mano de nuestro cliente y le pido a Miranda que lo acompañe a la salida. Mi secretaria deja la puerta de la sala de reuniones abierta y puedo ver como Murray cruza un par de frases con ella y pareciera que le entrega algo en la mano. Resoplo mi bronca.

—¿Qué te pasa macho? —Franco me trae otra vez al trabajo—: Salió todo bien. ¿No estarás enojado porque llegué tarde? Anoche fui a cenar con una morocha que conocí en el gimnasio, que me trajo vuelta y media —dice en un tono que termina generándome envidia. Hace tres días que no tengo una alegría.

—¡Para nada! —contesto, haciendo sonar el cuello— Estoy aflojando tensiones. Solo eso.

—¿Te tensa Murray, o Miranda?

Le dirijo mi mejor cara de insulto a su estupidez, pero en mi interior sé que voy a necesitar mucha acción para eliminar las "tensiones" a las que me somete mi nueva secretaria.

Me siento en el escritorio para chequear correo. El primer mail del día llega:

-.-

Para: Doctor Santiago Albarracín
De: Doctor Manuel Salerno
Asunto: En el archivo también

¿Comprendés Santiago?

Estudio jurídico Salerno
Doctor Manuel Salerno
Abogado – Director

-.-

«Mierda, en el archivo hay cámaras».

Lo respondo al instante:

-.-

Para: Doctor Manuel Salerno
De: Doctor Santiago Albarracín
Asunto: Re: En el archivo también

Me parece lógico, es una zona sensible del estudio. No podés reprocharme que ayude a una asistente novata. Soy un caballero y un angelito ante las cámaras.

Estudio Jurídico Salerno
Doctor Santiago Albarracín
Abogado adjunto

-.-

Y que no me joda o le hago un juicio. Miércoles a las once de la mañana y ya me arruinaron entre los tres el día. ¿No tiene otra cosa que hacer Manuel que fisgonear las cámaras de seguridad?

Decido concentrarme en mi trabajo, eso me trae más satisfacciones. De todos modos esta noche me veo con Luciana y descargo todo.

—Doctor tengo un llamado de la Señorita Luciana en línea dos ¿se lo paso?

«¿La llamé con la mente?»

Indico a Miranda que me pase el llamado.

—Hola muñeca ¿Cómo estás?

Esta noche quiero acción, de manera que hago uso del tono más dulce y cariñoso posible. Ella enseguida me entrega su respuesta casi en un suspiro. Luciana sí sabe cómo hacer para que me sienta bien. Entre semana, ella es la mejor opción. Es seductora y muy dispuesta. Terminamos generalmente en su departamento y puedo regresar temprano al mío, sin reclamos femeninos pelotudos.

—No puedo ubicar a Rosales —Franco, algo desesperado interrumpe.

—Te paso a buscar a las nueve. Besos muñeca.

Cuelgo y levanto la vista para tratar de calmar a mi colega. El minón está a su lado mirándome con la cabeza algo ladeada. No sé si es porque le generé ratones con mi despedida a Luciana, o porque descubrió que puedo ser dulce si me lo propongo. Pero lo cierto es que estoy seguro que no tiene nada que ver con lo que Franco dijo y retomo esperanzas.

—Insistamos, todavía no tenemos que alarmarnos. Hasta el viernes hay tiempo —digo relajado.

—¿Es el Rosales que se reunió con usted el lunes verdad? —pregunta nuestra secretaria a mi socio.

—Sí —responde Franco con tono enojado. Pero no sé por qué creo, que ella precisa ese dato.

—Me voy a tribunales, fíjense si lo ubican y hablamos en la tarde —digo, ordenando mis papeles en el *attaché* y alejándome de mi escritorio. Franco se va rápidamente a su oficina ansioso y ella se hace a un lado para permitirme pasar por la puerta.

Juro que ni la rozo, sin embargo mis hormonas se codean y ella contiene la respiración. Su perfume es suave, pero penetra en mi nariz apoderándose de ella.

«Me provocás lo mismo muñeca», digo con la mirada, mientras salgo presuroso de la situación para no ser despedido.

Viernes a última hora y todavía no tenemos la firma de Rosales en el acuerdo. Franco camina por las paredes y Miranda intenta en vano, ubicarlo por teléfono y por mail. Yo vivo casi toda la tarde en el balcón fumando un pucho tras otro. Malditas cámaras, me estoy muriendo de calor.

Franco nos cita a los tres en la sala de reuniones.

—Si no obtenemos la firma de Rosales, el lunes no podemos presentar nada ante el juzgado —dice mientras pone una mano en su cintura y se pasea la otra por los pelos.

—Rosales es nuestra mejor salida, pero si no lo conseguimos tendremos que elaborar otra estrategia —digo calmándolo y calmándome, aunque reconozco que estamos en un quilombo.

—Si hay que armar otra cosa, tenemos que laburar de corrido desde ahora o no llegamos al lunes —dice volteando su mirada hacia nuestra secretaria—: Miranda la necesitamos, entiendo que no quiere trabajar fuera de horario, pero estamos contra reloj.

—Comprendo y lo siento, pero es imposible que me quede... Puedo intentar… conseguir la firma de Rosales —propone con frialdad.

Los dos la miramos con ganas de matarla, pero por ser el más zarpado, soy yo quien la desnuca:

—¿Vos me querés decir que podés ubicar a Rosales y su firma, cuando hace dos días que andamos atrás de él como idiotas?

Mi enojo no me permite darme cuenta que la tuteé, caminé hacia ella y casi la estampo contra la pared. Pero reacciono justo, reprimiendo por tercera vez mi impulso.

Con su mejor cara de inocencia y sin moverse ni un centímetro ante mi amenaza, me contesta muy suelta de cuerpo:

—El señor Rosales me dejó su celular privado el lunes. Dijo que puedo llamarlo sólo por temas personales.

El muy lanzado le deja a nuestra secretaria en las narices de Franco, sus datos privados ¿Y nadie se altera?

—Perdóneme Miranda —digo recobrando la solemnidad del protocolo, luego de dar un paso atrás y encerrar mis manos dentro de los bolsillos del pantalón— ¿Usted nos está ofreciendo el teléfono privado de Rosales?

—No.

La voy a acuchillar, la voy a estampar de una puta vez contra la pared.

—¿Entonces? —pregunto impaciente, mientras Franco parece disfrutar en primera fila del sainete que estamos representando.

—No voy a quedarme fuera de hora a trabajar, pero puedo llamar al señor Rosales y recordarle que necesitamos su firma. De acuerdo a lo que me conteste, les aviso y ustedes pueden organizar mejor su tiempo y su trabajo.

Y juro que no se le movió un pelo mientras nos despachó toda su idea. ¡Es más!, lo dijo mirándome a los ojos. Decido apurarla un poquito, no me gustan las superadas.

—En el caso que el señor Rosales acepte firmar el acuerdo, ¿Cómo nos hacemos de él? —veamos muñeca hasta dónde sos capaz de llegar.

—Podría llevarme una copia del acuerdo, si acepta firmarlo, vemos cómo se los alcanzo.

Me irrita, juro que me saca de mí.

—Si acepta, nos avisa de inmediato y nosotros nos reuniremos con él para la firma—dice Franco, recordando que a él también le interesa la firma de Rosales.

—¿Tiene que firmar ante testigos? —pregunta el minón.

—No —contesto.

—De acuerdo, les aviso. Hasta el lunes.

Se da media vuelta y se va contorneando su trasero envuelto en una pollera ajustada, arriba de sus tacos.

Si Rosales se la aprieta lo mato.

—Te está jodiendo demasiado el minón ¿verdad? —dice Franco, desconociendo el nivel de bronca que me recorre, y exponiendo su propia vida con esos dichos.

Una de la madrugada y ni noticias de Miranda. Empiezo a preocuparme y camino de un lado a otro en la sala de reuniones. Franco, metido en su notebook, sigue urdiendo posibles soluciones. Yo estoy en blanco. Me desconozco, salgo de problemas peores a este con mucha facilidad, pero hoy estoy trabado. De pronto mi notebook me avisa que tengo correo:

-.-

Para: Doctor Santiago Albarracín
De: Miranda Serrano
Asunto: La tengo

Estudio Jurídico Salerno
Miranda Serrano
Secretaria

-.-

Y me lo dirige solo a mí. No a Franco y a mí. Solo a mí, y desde la web mail del estudio. Le contesto de inmediato:

-.-

Para: Miranda Serrano
De: Doctor Santiago Albarracín
Asunto: Re: La tengo

¿Logró la firma o la promesa de firma?

Estudio Jurídico Salerno
Doctor Santiago Albarracín
Abogado adjunto
-.-

Para: Doctor Santiago Albarracín
De: Miranda Serrano
Asunto: Re: La tengo

Tengo el acuerdo firmado. Le dije que me traería una copia. Lo tendrá en su escritorio el lunes a primera hora.

Estudio Jurídico Salerno
Miranda Serrano
Secretaria

-.-
Para: Miranda Serrano
De: Doctor Santiago Albarracín
Asunto: Re: La tengo

Disculpe pero no voy a poner en riesgo una cuenta del estudio. Necesito esos papeles ahora. ¿Dónde está? Paso a buscarlos de inmediato.

Estudio Jurídico Salerno
Doctor Santiago Albarracín
Abogado adjunto
-.-

La respuesta tarda en llegar. No sé si estoy más molesto por eso, porque ella consiguió la firma, o por conocer la manera en que logró hacer firmar a Rosales. Cuando por fin:

-.-
Para: Doctor Santiago Albarracín

De: Miranda Serrano
Asunto: Re: La tengo

Estoy en mi casa. Puedo hacerle llegar los papeles al estudio por alguna persona o taxi, en el caso que no quiera esperar al lunes, o no confíe en mi palabra.

Estudio Jurídico Salerno
Miranda Serrano
Secretaria
-.-

Me pudro de tanto parloteo cibernético y de la respiración de Franco en mi nuca leyendo el cruce de mails, y busco el legajo de Miranda. Tomo su número de celular y la dirección de su casa, agarro de un tirón mi saco y salgo del estudio como comido por el demonio.

«En tu casa no hay cámaras muñeca, puedo acuchillarte sin testigos».

El edificio es coqueto, una joven de edad similar a la de Miranda, llega y me mira desconcertada, cuando me acerco con la intención de anunciarme ante la cabina de vigilancia.

—¿Usted es el Doctor Albarracín verdad? —me sorprende y lo evidencio con mi gesto. Ella sonríe antes de explicarme.

—Disculpe, trabajo en el estudio contable del Doctor Lasalle, lo conozco de ahí. ¿Viene a ver a Miranda?

No la recuerdo del estudio de Lasalle, pero me intriga más cómo sabe a qué vengo.

—Pase —me invita—. Yo vivo con Miranda.

Doy gracias y me niego a pensar, que si viven juntas, sea por otra cosa más que amistad.

«Semejante minón no puede ser lesbiana».

Abre la puerta del departamento dejándome pasar primero. Lo que me ofrece la vista de Miranda descalza, vestida igual que en la mañana y recostada en un sillón, con su cabeza en la falda de un tipo que le hace mimos en el pelo. La furia se apodera de mí. Puedo sentir el calor en mi cara, lo apretado de mi ceño y lo tenso de mi cuerpo.

Se para como impulsada por un resorte, acomodándose la pollera y con todo el asombro del mundo, me mira primero a mí y después lanza un cuchillazo con la mirada a su amiga, que sale presurosa del living, para entrar a lo que considero será un cuarto.

—Miranda, no me gustan los jueguitos, necesito ese acuerdo —mi voz expresa claramente la bronca que siento, en tanto con dos pasos estoy frente a ella.

Mueve sus pies un par de veces, como un boxeador buscando plantarse firme antes de lanzar su cros de derecha más potente. Pero toma aire cambiando de opinión, se acerca a su cartera, se hace del acuerdo y me lo estira, sin decir una sola palabra. Puedo leer perfectamente en su mirada, que está furiosa por mi llegada.

—Perfecto —siseo en su nariz.

—Si no se le ofrece nada más, lo acompaño a la salida.

¿Para qué querrá acompañarme? El de la vigilancia puede abrirme perfectamente. ¿Me está echando?

«¿Quién será el tarado de los mimos?», pienso escrutándolo de arriba abajo.

Ni bien salimos de su departamento, donde no me presentó al idiota que la acariciaba, me lanza su cros de derecha:

—Mi departamento forma parte de mi vida privada. No admito que irrumpa en él sin mi permiso.

Tiene los dientes apretados mientras dice eso y abre la puerta del ascensor para que entremos. Pero yo también estoy molesto:

—No me gustan los jueguitos, ya se lo dije. Si no quería que viniera por el acuerdo, hubiera ido directamente a la oficina a llevarlo. No mandarme mails intrigantes de ida y vuelta.

—Intrigante es un calificativo que arbitrariamente pone usted. Le dije que le avisaba si conseguía el acuerdo y eso hice. Es usted quien empezó con el "ida y vuelta".

No afloja, está descalza y no afloja. Siento otra vez mis hormonas pegándome cachetazos requiriendo acción y trato de aplacarlas enfundado en la bronca que me invade.

—La próxima vez tendrá más en claro que urgente para mí, es ayer.

Después dice que entiende las órdenes, cuando hoy se las pasó por el quinto forro.

Mira al techo del ascensor como lo haría una nena ante el reto de un mayor por mi reclamo y me saca de quicio.

«La estrolo ahora mismo».

—¿Dónde estaba Rosales? —pregunto.

—En su yate privado en el amarradero de Tigre.

—¿Por qué no contestaba nuestros llamados?

—Suspendió toda comunicación con el exterior, quería relajarse.

—¿Tuvo que ir hasta su yate? —me doy cuenta que me estoy mordiendo el bife que le daría, mientras se lo pregunto.

—Sí.

«La voy a matar, estoy seguro que hoy la estrolo».

—Finalmente mezcló su vida privada con el trabajo —digo entre dientes, pero escucha y me estampa un cachetazo en plena cara, que resuena como una bomba.

Le tomo la mano fuerte acercándola a mí. Siento nuestras respiraciones agitadas por la bronca y la cercanía. No puedo evitarlo y termino besándola, primero con brusquedad, invadiendo su boca con mi lengua, importándome un carajo si quiere o no, y descubro lo dulce de su sabor. Me sorprende lo rápido que me excito y transformo el beso en uno más suave y considerado. Ella no se separa ni ofrece resistencia. Puedo sentir que también me desea, pero finalmente me empuja con fuerza, separándonos. Trato de tomar el dominio de la situación, la enfrento con una mirada amenazante. Cuando las puertas del ascensor se abren. Salgo y le lanzo:

—No me desafíe señorita Miranda. Puedo sorprenderla. Salgo solo, la vigilancia me abrirá. Hasta el lunes.

*****

Quedo pegada a la puerta de mi departamento, imposibilitada de entrar.

El beso de Albarracín derribó mi estudiada muralla y me reprocho lo débil que fui. No puedo asegurarlo con certeza, pero estoy casi convencida que no vino por el acuerdo, sino empujado por los celos que le provocaron el saber que fui a ver a Rosales.

El asco que me produjo la mirada babosa del viejo verde entregándome su tarjeta personal el lunes, hizo que la tirara al fondo del cajón de mi escritorio. Gracias a Dios que Federico pudo acompañarme hasta el yate del tipo, eso me otorgó distancia y firmó rapidito, aunque algo decepcionado al notar mi trampa. Ni por todo el oro del mundo lo hubiera llamado, pero la ansiedad en la cara de mi jefe me llenó de ternura y no pude evitar caer en la tentación de ayudarlo.

«¡Floja!», me reprocho.

Sé perfectamente que a Albarracín le gusto. Pero también estoy muy al tanto de cuánto duran sus deseos. Le aseguré a Salerno que no mezclaría, y en eso estoy poniendo todo mi esfuerzo.

Tremendo esfuerzo, lo reconozco.

Estar cerca de Albarracín es muy difícil, tiene un tono que me cautiva y su cercanía no para de excitarme. Me pasé la semana evitando imaginarme cómo sería en la intimidad y más de una vez me llamé a juicio embebida en el hechizo de su perfume.

La bronca con la que entró en mi departamento a esta hora de la madrugada, me descolocó. Estaba furioso y hasta creo que entre el temita de mi entrevista con Rosales y el encontrarme con Federico, se irritó aún más.

La táctica de mujer fría que estuve usando hasta ahora con él, se derribó esta noche. Estoy segura que no me habría besado si me hubiera comportado menos agresiva. Pero me reventó el páncreas que creyera que me vendo por un trabajo y sacó lo peor de mí.

—¡Besa divino! —digo sin darme cuenta que es en voz alta y la puerta del departamento se abre rápidamente, dejándome ver la cara de asombro de mis amigos.

—¿Se besaron? —los ojos de Cristina no pueden estar más abiertos mientras pregunta.

—¡Mamita querida Miranda! Decime que es cierto. Decime que semejante hombre te besó, ¡por Dios! —la envidia se refleja en la cara de Federico.

Recobro mi postura y amenazante, encaro a Cristina—: Vos…

La increpo haciéndola retroceder unos pasos ante mi visible furia:

—¿Cómo carajo dejás entrar en mi casa al jefe, sin avisar primero?

—Disculpame Miranda —dice arrepentida—, a esta hora de la noche, pensé que lo esperabas. Como dijiste que tenían tanto trabajo.

—Yo creo que el tipo se moría de celos por lo de Rosales y vino a ver con sus propios ojos que estabas enterita.

Las palabras de Federico hacen que gire la mirada asesina hacia él.

—Bueno, bueno Miranda, no te enojes. Yo soy el caballo de Troya que te salvó de ser violada esta noche.

Me hace reír. Siempre me hace reír, por muy enojada que esté.

—Así me gusta. Ahora contame todos los detalles, quiero el segundo a segundo del besuqueo —reclama restregándose las palmas de las manos, mientras se sienta otra vez en el *futón*.

—Nada… —digo tomándome tiempo para pensar la respuesta—. Estaba enojado y se ve que mis mails, diciéndole que le llevaba el acuerdo el lunes, le dispararon la ansiedad.

—Las que se le dispararon son las hormonas nena —asegura Federico.

—No sé. Igual le mostré mi disgusto por venir a casa y empezó a preguntarme por la entrevista con Rosales.

—¿Le dijiste que fuiste conmigo?

—No.

—Federico, ¿vos crees que de verdad está celoso? —Cristina pregunta lo mismo que me pregunto yo.

—Queridas mías, ese hombre echaba espuma por la boca. Cuando me vio acariciando a Miranda, casi me fulmina con la mirada azul y fría que tiene.

—Seguí Miranda, quiero que llegues al beso.

—En un momento dijo algo así… como que con la visita a Rosales terminé mezclando mi vida privada con la laboral, y sentí que me trataba de puta.

—¡Caramba Miranda! Sí que estaba molesto.

—Le planté un cachetazo.

—¿Le pegaste? —Federico incrédulo abre los ojos como monedas— ¿A esa preciosidad?

—Yo no esperaba menos de tu parte amiga.

Afortunadamente alguien tiene los pies sobre la tierra. ¡Soy una dama!

—Hasta yo me sorprendí del ruido del bofetón. Me agarró la mano y pensé que me partía el brazo en dos. Pero al segundo, lo que me rompió fue la boca con un beso.

Federico, que se había parado en seco al escuchar sobre mi cachetazo, cae sentado en el *futón*, embebido en la imagen que se hace, y Cristina suspira como si la hubieran besado a ella.

—Por Dios, decime cómo besa ese Adonis.

Mi amigo homosexual, suelta sus ratones por todo el departamento, que hasta podrían tocarme los pies.

—Es posesivo cuando besa. Su perfume te emborracha, pero su boca te transporta. Jamás me sentí tan viva y ardiente como con ese beso inesperado. No saben lo que me costó el obligarme a separarme de él.

—¡No nena no! —grita Federico—. En este momento tendrías que estar gozando con él en el ascensor. A mí no se me hubiera escapado.

—¿Qué pretendías que hiciera? Es mi jefe y un mujeriego sin cura. No tengo ganas de joderme la vida con un tipo así. Casi me la arruino con Gonzalo, no te olvides. Yo quiero amor, mimos y consideraciones. Él no busca eso.

—¡Por favor Miranda! Estás hablando con nosotros.

—Es mi jefe —repito—, tengo que cruzarme con él ocho horas al día y trabajar con profesionalismo. No puedo hacer de secretaria durante el día y de amante en la noche.

—Pero tu jefe, te parte la entrepierna.

—¡No es cierto! Sos un grosero —grito furiosa.

—Miranda, la tenés bien difícil. El tipo te atrae más de lo que estás dispuesta a aceptar. O te vas del estudio o te entregás nenita —retruca.

Para nada. Federico está muy equivocado. Soy una mujer adulta y sé cómo controlar mis sentidos. El lunes pondré mi mejor cara de "aquí no pasó nada" y santo remedio.

CAPÍTULO 3

Estoy jodido y más que jodido. Desde el viernes que no puedo sacarme de la piel, la cercanía con Miranda. El sábado me refugié en Silvana y el domingo en Laura, pero nada. Y eso que Laura nunca me falla, siempre despierta la bestia que hay en mí, y quedo más que satisfecho. Pero este fin de semana, nada de eso logró quitarme la furia y las ganas que se me despertaron con ella.

Ahora está por llegar al estudio y me siento como un tarado de quince años, esperando a la chica que le gusta para robarle un beso detrás del último banco del aula.

Justo hoy, que tenemos que presentar el caso Murray en el juzgado y necesito estar con toda mi atención puesta en ello. Saco inconsciente un cigarrillo y lo prendo para devorármelo. No estoy ni por la mitad cuando recibo un mail del inquisidor:

-.-

Para: Doctor Santiago Albarracín
De: Doctor Manuel Salerno
Asunto: Segunda advertencia

Apagá el pucho y no vuelvas a prender otro en la oficina. Es solo una advertencia porque tengo presente que hoy te espera un día tenso.

Estudio Jurídico Salerno
Doctor Manuel Salerno
Abogado – Director
-.-

«Mierda, no me di cuenta».

Apago el pucho y mientras decido si contestarle o no, Miranda aparece en la puerta de mi despacho. Más vestida que nunca, como tratando de apagar mi fuego del viernes, me lanza con su mejor cara de mujer fría de negocios, un "Buen día", despojado de todo sentimiento.

Le respondo con la misma frialdad. Estoy tan molesto con ella, que no sé si ardo o me congelo. Después de todo, la sensación de tocar fuego o hielo, se parecen en algún punto.

Franco llega tarde como de costumbre. Lo escucho saludarla y felicitarla por su logro del viernes en la noche. No tiene ni idea que la besé. Solo le dije que me dio el acuerdo y punto.

—Buen día macho. Tenemos que irnos. ¿La llevamos a Miranda con nosotros?

—No creo que la necesitemos.

Quiero tenerla bien lejos del juzgado. Necesito concentrarme ante el hijo de puta que nos tocó como juez en el sorteo.

Franco hace un gesto de "como quieras". Tomo mi *attaché* con todo lo necesario y la increpo. Me doy cuenta que estoy distinto, temo flaquear y me inserto el disco de abogado distante:

—Nos vamos al juzgado. Dejo en mi escritorio una serie de borradores que necesito pase en limpio e imprima. Tome todos los mensajes pero no me transfiera ninguno… salvo que sea mi madre.

—Perfecto. ¿A qué hora calculan que volverán al despacho?

Por lo visto ella está en la misma postura que yo. Por hoy se la dejo pasar, es mejor, así no me desconcentro.

—Cerca de la una —contesto y salgo sin esperar a Franco.

Tiene mucho coraje, el minón, de plantarse ante mí con ese aire de no me importa. Creí que mi "aclaración" del viernes, había sido suficiente. Pero por lo visto es lenta.

—El turro, nos dio trabajo, pero creo que tenemos todo en nuestras manos —dice Franco eufórico, mientras salimos del despacho del juez.

—Si Rosales no firmaba, no nos hubiera ido tan bien.

—Vamos a almorzar para festejarlo. Invitemos a Miranda —propone—, después de todo le debemos parte del triunfo.

¿Almorzar con ella? De ninguna manera. No estoy preparado para tenerla cerca fuera del estudio y las cámaras inquisidoras.

—No mezclemos Franco. Mejor le regalamos un perfume o unos bombones —me escucho diciéndole.

—¿Bombones? ¿Qué te pasa macho? Parecés mi abuela. ¿Te asustó mi viejo con sus planteítos?

—Si querés llevarla a almorzar, hacelo solo. No tengo ganas de que me enrostre que ni en pedo almuerza con nosotros.

—Te tiene jodido —dice molestándome, poniéndole una melodía burlona a sus dichos—. Ok no te enojes, vamos solos.

Llegamos a la oficina, un poco entonados por el vino con el que decidimos festejar nuestro casi alcanzado triunfo. Manuel nos recibe parado junto al escritorio de Miranda.

—¡Bravo mis pollos! —dice estrechándonos en un abrazo conjunto— Huelo que festejaron. ¿No la invitaron a Miranda? Muy mal hecho muchachos, tengo entendido que ella fue una pieza importante en el triunfo de hoy.

«¿Me está jodiendo o habla en serio?».

Mientras busco la respuesta, veo que Miranda se ruboriza un poco y eso otra vez despierta mis hormonas ahora cargadas de alcohol.

—No quisimos obnubilarla con tanta masculinidad —dice Franco, a quien el vino respeta menos que a mí.

Salerno le lanza una mirada objetando su comportamiento, que bien pude lanzarle yo, y sube las escaleras hacia su despacho. Miranda regresa a su computadora para proseguir su trabajo y yo acompaño a

Franco hasta su escritorio, empiezo a dudar que llegue entero hasta el sillón.

El minón entra para notificarme, muy profesionalmente, de mis próximas citas.

—No hay problema Miranda. ¿Podría por favor conseguirnos café bien cargado y un par de aspirinas?

Estoy vulnerable. No me cabe duda que entre el festejo y la cercanía de ella, hoy estoy vulnerable.

Entra a mi despacho con carita tierna y deja frente a mí, el café, la aspirina y un vaso de agua fresca.

—Gracias Miranda. Necesito que se siente aquí un momento por favor.

Trago la aspirina, mientras acomoda su precioso trasero en la silla frente a mí. Doy un sorbo al café, para pasarla por la garganta. La miro a esos hermosos ojos verdes con destellos marrones y casi puedo leer el ruego de que ni se me ocurra hablarle del viernes.

Pero tomé alcohol, y el café todavía no despertó mi cerebro.

—Miranda, quiero pedirle disculpas por mi comportamiento del viernes. Le dije que cuando trabajo soy obsesivo. Usted sabe lo importante de la firma de Rosales.

Asiente con la cabeza y no sé si es un pollito mojado, o si ella también está disculpándose por la trompada que me dio.

—Le aseguro que no volveré a violar… su privacia y mucho menos volverá a repetirse el imprevisto en el ascensor de su casa.

Ni yo me reconozco hablándole así a una mina que me gusta tanto como ella.

Me da la impresión, que mis palabras la decepcionan, pero recuerdo que todavía no me terminé el café y tal vez es más el producto de mi deseo, lo que no me veja ver con claridad su pensamiento.

—El estudio y yo en persona, le agradecemos su gesto. Puede retirarse.

La veo irse, tragándome las ganas de volver a besarla y sentir su boca en la mía.

Casi al instante recibo su mail:

-.-

Para: Doctor Santiago Albarracín
De: Miranda Serrano
Asunto: Disculpas aceptadas

Estudio Jurídico Salerno
Miranda Serrano
Secretaria
-.-

No hace mención al cachetazo que me encajó, pero prefiero dejarlo ahí y dar por terminado el entredicho. Ya tengo experiencia con sus mails y hoy estoy… vulnerable.

Tarde llena de citas con clientes en el estudio. Justo hoy que mi mente no termina de sacarse de encima la resaca. A Miranda ya la tengo cansada interrumpiendo su trabajo para pedirle otro café, de manera que voy hasta su oficina para servírmelo solo.

—Doctor, su madre en línea uno.

Tomo el llamado en su teléfono. El perfume de Miranda está impregnado ahí y me tranquilizo un poco al sentirlo.

—Reina ¿Cómo estás?... Sí nos vemos esta noche... Perfectamente, hoy nos fue muy bien en el juzgado... Es que salimos a almorzar con Franco y nos pasamos un poco con los festejos... Sí mi Reina, estoy bien.

Giro para hacerle un gesto de "¡Madres fastidiosas!" a mi secretaria, pero ella está absorta en uno de los trabajos que le pedí, y ni me mira.

—Un beso Reina.

Le entrego el teléfono a Miranda y al hacerlo entrecruzamos una mirada tierna, mientras nuestros dedos se rozan por una milésima de segundo. No se ruboriza ni contiene la respiración. No me desafía ni rechaza. ¿Tanto alcohol tomé hoy?

Franco interrumpe el mágico momento que estamos viviendo los dos:

—Santiago tengo que irme de raje a Tucumán —informa.

—¿Tolosa? —pregunto.

—Sí, le pararon la producción —contesta. Y dirigiéndose a Miranda—: Prepáreme la carpeta de Tolosa. Me llevo los poderes, pero páseme en un *pen-drive*, la información de archivo, así no tengo que ir tan cargado.

—¿Te arreglás solo? —pregunto.

—Sí, lo que necesite me lo mandan desde acá. Fijate que ella tenga a mano todo, por si lo preciso urgente.

—Tenés muy mala cara Santiago. Ya te noté mal en el teléfono y ahora, al verte, lo confirmo.

—Estoy bien Reina, ya te dije que se nos fue la mano al mediodía.

—¿Estás comiendo bien? ¿Rita te está dejando preparada comida nutritiva?

—Sí, mamá —digo, levantando los ojos al techo.

—Voy a pasar por tu casa y fijarme, no te veo bien. ¿Estás saliendo con alguien?

—No mamá. Ya terminala, estás insoportable hoy.

—Estoy preocupada por vos Santiago.

—Mamá soy un hombre grande, no me trates como a un nene.

—De eso justo te quería hablar.

Sonamos. Viene de sermón la cena de hoy. Y lo peor es que mi hermana no está para llevarse un cachito de mamá y me la tengo que fumar solo. ¿Cuándo vuelve de vacaciones Gabriela?

—El tiempo pasa para todos, Santi. Me preocupa que lo estés desperdiciando.

—Mamá te aseguro que si algo no desperdicio es mi tiempo.

—Lo desperdicias hijo. No gozás de los placeres de la vida.

No puedo evitar largar una gran carcajada.

—Reina, si hay algo de lo que disfruto más, es de los placeres.

—Los placeres que disfrutás se alojan en tu mente con tu trabajo y debajo de la cintura con las mujeres.

«¿Existen otros?»

Pero pongo cara de no entender y ella sigue:

—Te olvidás del placer más importante hijo. El que te otorga el órgano que está entre medio de los dos.

—Te dije que como bien mami.

Trato de hacerla reír, pero está muy concentrada esta noche.

—Desconocés el placer de encerrarte en un pecho tibio y amado. No tenés ni idea de lo gratificante que es relajarse en el otro, sentirlo y dejar que te sienta.

—¡Mamá! —digo, haciéndome el aburrido, a ver si la saco de su día romanticoide.

—El trabajo y tus mujeres te están distrayendo Santiago. ¡Empezá a vivir de una buena vez, hijo! Mirala a Gabriela.

Otra vez la comparación con mi hermana casada, y con la blusa que cuando no tiene un moco, tiene restos de comida de bebé. ¡Ni en pedo!

—Gabriela es mujer. Yo soy varoncito.

Huyo rápido de la espantosa imagen que se generó en mi mente.

—Vos sos tontito. ¿Sabés qué es lo que nos preocupa a los padres? —antes de que le pueda responder, comenta— Que nuestros hijos desperdicien el tiempo. El tiempo no vuelve cariño y las oportunidades pasan si no las agarramos.

—Reina, te aseguro que no dejo pasar oportunidades, y el tiempo que ya pasó, me lo recontra viví.

—Bien dicho, el tiempo que pasó. Ahora a vivir una nueva historia. A tu edad, tu padre y yo ya teníamos dos hijos casi criados.

—¡Así les salimos! Tal vez si se hubieran tomado un tiempito más de madurez, hoy no estarías de sermón conmigo.

Le acaricio la mano mientras le hablo, pero mamá hoy está rara.

—Pensá lo que te digo hijo. No lo tomes como sermón.

*****

Gracias a mi impulso con Rosales, el estudio hoy parece haber librado una batalla a su favor.

Al mediodía tengo el honor de recibir en mi oficina, al prestigioso Doctor Manuel Salerno.

Se acerca con una sonrisa dibujada de una oreja a la otra y me tiende la mano. Mientras nos saludamos, da una palmadita en mi hombro y me invita a sentarme, tomando él la silla frente a mí.

—Señorita Serrano, vengo a felicitarla y agradecerle. La imaginaba astuta y frontal, pero me ha sorprendido gratamente.

¿De qué habla este hombre? ¿Se habrá enterado lo ocurrido con Albarracín?

—El sábado recibí un mail de Rosales.

Cada vez entiendo menos y mi cara refleja la incertidumbre.

—Rosales pensó que nosotros la enviamos a firmar el acuerdo, y estaba molesto por lo que consideraba había sido una trampa en la que usted era el señuelo.

El tarado de Rosales sigue evidenciando su orgullo herido.

—No sabe lo que me reí, amenazándolo con la cantidad de juicios que le entablaría por haber intentado utilizar mi estudio como recinto para sus actos privados y por haberla presionado a ir hasta su barco, incumpliendo la palabra dada a nosotros con respecto a la firma del acuerdo, en las fechas pre establecidas.

En algún lugar de mi corazoncito, el que Salerno sepa cómo fueron los hechos, me alivia. Una cosa es dejar suelta la imaginación de mis jefes, y otra es mi reputación ante el jefe mayor.

—Fue muy astuta Miranda, le reconozco el mérito. No dudo que sus jefes hubieran encontrado una salida airosa, pero usted les allanó el camino.

Se para y vuelve a tenderme la mano palmeándome el hombro nuevamente, justo cuando entran Salerno hijo y Albarracín. El jefe mayor los felicita y les reclama que no me hayan hecho partícipe del festejo. Dudo que se les cruzara por la cabeza siquiera la idea de invitarme y un poco de furia me recorre las mejillas. Deberían estar eufóricos, sin embargo, Salerno hijo se pasó con las copas y le veo más ganas de dormir una siesta, que de continuar festejando. Albarracín me desconcierta. Se ve que a él, pasarse con el alcohol, le da por el lado tristón y culpable.

Entro a su despacho con el café y la aspirina que me pidió.

«Pobre», pienso y me apena que su día de casi gloria, lo esté empañando vaya a saber qué, cuando descubro que soy yo la culpable de su humor.

Se disculpa como un nene chiquito, que jura desde lo más profundo de su corazón, que no volverá a hacer esa travesura. Estoy a punto de derretirme, tomar su carita entre mis manos, recorrerle con caricias las cejas hasta volvérselas a la normalidad, y absorber a besos el alcohol que lo tiene tan tristón. Pero me mantengo firme y no hago nada, de lo mucho que deseo.

Casi flaqueando llego a mi computadora y le envío un mail aceptando sus disculpas.

¿Tendré que pedirle disculpas también por el cachetazo? De ninguna manera, se lo merecía. Ya no estoy ante su presencia y es más fácil no caer enternecida.

Salerno hijo, desde Tucumán, me tiene el resto de la semana preparándole archivos que necesita siempre con urgencia. Albarracín está enfrascado en tres casos que postergó por sus vacaciones y ahora debe correr solo contra reloj. No sé si es el apuro de los clientes, o que trata de evitarme, lo cierto es que esta semana cruzamos solo los "buenos días, buenas tardes".

Me llama a su despacho y recuerdo, que hoy me puse la blusa blanca abotonada en el frente, que me parece que a él le gusta. No puedo jurar que eso fuera inconscientemente. Debo ser sincera.

Entro y no me encuentro con su mirada hasta que me siento frente a él. Levanta sus ojos azules penetrantes y solo mira hacia los míos.

«Tengo puesta tu blusa», me digo y me abofeteo mientras lo hago. Pero su mirada sigue en mis ojos y no baja jamás a mi escote; que reconozco, solo tiene dos botones sin prender.

«¡Epa! ¿Le habré cortado la lívido?»

—Miranda tengo que cerrar estos dos casos. Hoy me quedo trabajando y le dejaré en su escritorio las indicaciones que sean pertinentes. Por favor empiece con eso a primera hora mañana.

Asiento obediente.

—Franco supone que hasta fin de mes no puede regresar. Tolosa está complicado esta vez. Vamos a tener que arreglarnos solos —dice y sus ojos casi que me ruegan lo disculpe, por el trabajo de más que va a pedirme.

—Tengo perfectamente presente que usted cumple su horario. No se preocupe, no la retendré fuera de hora.

«¿Eso fue una sonrisa?»

—Pero para llegar en término, es necesario que contratemos ayuda extra. Mañana buscaré una asistente temporaria para darnos una mano.

—No es necesario doctor.

De ninguna manera. No quiero competencia. No ahora, que estoy muy preocupada por ver dónde dejé aplastada su virilidad.

—Haré una excepción dadas las circunstancias. Todavía no comencé con la facultad.

«¿Qué dije? ¿Qué estoy haciendo?»

Mientras pienso y me reprocho mi debilidad, veo su cara de asombro y gratitud.

—Le agradezco mucho Miranda. Intentaré que sea el menor tiempo posible.

Idiota, idiota y más que idiota. ¿En qué estaba pensando? Sola con él, fuera de horario, en la oficina. ¡Estoy totalmente tarada! Pero ya lo dije y ahora a enfundarme en mi coraza de titanio, respirar hondo y afrontar las consecuencias. Le pego una patada imaginaria a una gata que me está rondando desde el beso en el ascensor, antes de regresar a mi escritorio.

Arrancamos el viernes temprano trabajando en la sala de reuniones. De esa manera tenemos todos los papeles al alcance de los dos.

Verlo trabajar es admirable. Se concentra y se desconecta del mundo. Y eso que llevo mi blusa negra, un pelín traslúcida.

De cualquier manera un par de veces que necesitó acercarse al monitor de la notebook donde yo estoy trabajando, siento como contiene su respiración y la mía se corta en seco. La proximidad estalla cohetes en mi cabeza, mariposas en mi estómago y lamentablemente, fuego en mi entrepierna. Su perfume me abraza y se queda conmigo, prendido de mi nariz, ignorando el ruego que le envío para que me abandone.

Se me ocurren de metida, un par de ideas para mejorar el aspecto de los informes, y me las agradece con una sonrisa cálida y humilde, que me derrite. Mira su reloj y detecta que son las nueve de la noche.

—¡Miranda! —dice sobresaltado—, es tardísimo, discúlpeme, no vi la hora. ¿Puedo invitarla a cenar, para compensarla?

De ninguna manera. Estoy necesitando aspirinas, antiespasmódicos y un baño helado. Lo que menos quiero es cenar con él.

—Le agradezco doctor. No necesita compensarme, supongo me liquidará el tiempo extra —digo con una sonrisa que hacía tiempo tenía guardada para él.

Mi respuesta lo apena por un lado, pero creo que la sonrisa la recibió con ganas.

—Disculpe, hoy es viernes y mis amigos me esperan para salir. —Creí que se lo decía como excusa ante mi negativa, pero sospecho que la gata maltratada me jugó una mala pasada, al ver que su mirada azul empieza a tomar tintes rojizos. Al menos es lo que percibo.

—Ok. Hasta el lunes Miranda y gracias.

—Me pego un baño y cenamos —prometo a Cristina que me está esperando sentada en el living, muy molesta por mi demora.

Mientras me pongo el pijama les explico por qué llegué tan tarde haciéndolos esperar con el exquisito risotto que prepararon.

—¿No era que no hacés horas extras?

—Pero hay excepciones Cris, el pobre tipo está solo, lo corre el reloj y me dio pena.

—¿Pena? Eso contáselo a tu vieja, lo que te dio es hambre Miranda.

—¡JA! —resalta Federico.

No les contesto. No pienso discutir con ellos, con mi inconsciente, ni con la gata que aparentemente me adoptó como dueña.

Cenamos casi en silencio y me voy a dormir. Todavía tengo su perfume en mi nariz. Tendría que haber salido a divertirme como le mentí a él, diciéndole que haría.

Tardo solo diez minutos en ducharme, y en menos de media hora, estoy vestida con mis *jeans* ajustados, la musculosa negra cortita, sandalias altas y un sweater beige de hilo tejido flojo y caído en un hombro, que me regaló Federico. Es sábado en la noche, me pasé el día entero pensando en mi jefe y a mi edad, necesito un poco de acción. Encuentro a Cristina bien predispuesta y la convenzo de ir a bailar a un boliche de la Costanera.

El lugar está de moda este verano y todo el mundo decidió acumularse en él. Nosotras también.

Pedimos en la barra dos cervezas. No me gusta la cerveza, pero al menos eso no altera mis sentidos y es mejor que una gaseosa, la gata se pasó el día ronroneándome en la oreja y prefiero estar bien lúcida.

Cristina y yo, bailamos juntas la euforia electrónica. Entrada la noche, la veo muy animada con su acompañante y la pierdo. La música se torna más suave. Debato entre irme o esperarla. Ninguno de los tipos con los que bailé me movió ni un pelo. La noche está perdida. Me mezclo entre la gente, buscando la melena de Cristina, cuando soy tomada por la cintura por mi perfume favorito, que me lleva al centro de la pista, sin que pueda ofrecerle resistencia.

La música no es tan lenta como para que tengamos que bailar apretados, pero ni pienso en advertírselo.

—¿Dos noches seguidas de juerga Miranda?

Ni "buenas noches". Ni "permiso, la invito a bailar".

—Le dije que en mis ratos libres me dedico a vivir.

«Cuidado Miranda», me avisa mi voz interior.

—Puedo ver que lo hace muy bien. Entiendo que prefiera esto, a hacer horas extras.

No le contesto. Tengo miedo que mi voz salga entrecortada, casi no respiro. Su perfume ya me sacó de mí con mucha más rapidez que el vino que me negué a tomar. Tengo una mano suya donde termina mi espalda, que me sostiene suave pero dejando la impronta. La otra me tiene agarrado el codo y empieza a hacer pequeños círculos en él.

«Hora de irse», me dice mi conciencia tocando el timbre de alarma. Pero lo apago. Que suene más tarde. La gata estira sus patas delanteras desperezándose, y se sienta a observar.

Baila suavecito y a compás. ¿Empezaron los lentos o es mi deseo?

Su mejilla roza la mía y contengo el aire para no desmayarme. Este hombre me puede. La mano que circundaba mi codo, ahora sube por mi brazo y mi hombro, hasta el cuello acariciándome, y ya sé que no voy a poder resistirme, cuando su boca busca la mía y se la entrego.

Nada que ver con el beso del ascensor en mi casa. Este es un beso dulce, suave, tierno. Su lengua investiga la mía con tiempo, con calma, estudiándome, degustándome. Me encuentro excitada como nunca y me desconozco. Su cuerpo en contacto con el mío, su boca en mi boca y sus hábiles manos descubriendo mi espalda, arman el escenario perfecto para que yo sucumba ante él y me convierta en otra más de sus muñecas.

Me espanta la idea y me desprendo con furia.

No vuelvo la mirada atrás, ni pienso si Cristina se fue o si sigue dentro del lugar. Solo busco un taxi que me regrese a la seguridad de mi casa.

—¡Miranda! —grita en plena calle y se me erizan todos los pelos.

Giro para enfrentarlo y me reconozco tan enojada conmigo misma, que un volcán provocaría menos daño.

¿Dónde mierda están mis convicciones?

—No te escapes por favor.

¿Dónde quedaron los fríos ojos azules que se comen el corazón de las mujeres? Casi que me lo como yo a besos, al observar su mirada, olvidándome de las estúpidas convicciones, la palabra dada a Salerno y la mar en coche. Pero me recompongo.

—Jefe y secretaria —le recuerdo, señalándolo y señalándome—. No más que eso. ¡Nunca!

Reconozco que el "nunca" me lo grito a mí misma.

—¿Por qué? Nos atraemos, no vas a negármelo.

La sonrisita con la que me lo dice, provoca mi respuesta.

—Somos jóvenes. Cualquier cara bonita nos atrae.

Mierda. Eso que le digo, suena muy feo a mis propios oídos.

Evidencia su molestia juntando fuerte las cejas—: No me parecés cualquier cara bonita.

Me mató. Necesito salir de acá. Necesito irme. No resisto más a este hombre que me seduce hasta la médula, parado frente a mí y diciéndome esas palabras. Mucho menos luego de haber disfrutado su cercanía como la disfruté.

—Hablemos Miranda. Vayamos a tomar algo y hablemos.

Un taxi para frente a nosotros, abro la puerta, le hago un gesto negativo con la cabeza y me refugio en el asiento, dando las indicaciones al conductor, para que me lleve hasta mi departamento.

Paso todo el domingo llorando en mi cuarto. Federico y Cristina no se asoman siquiera. Seguro ella presenció lo ocurrido en el boliche y le contó.

Jamás fui tan desdichada como lo soy en este momento. Y eso que con Gonzalo las pasé negras. Quisiera salir corriendo y refugiarme en la casa de mis padres, junto a mis perros. Cabalgar hasta que el horizonte se acerque y la pena que me invade se disipe.

¿Cómo voy a hacer el lunes para enfrentarlo?

¿De qué me disfrazo ahora después de haber sido tan débil?

Capítulo 4

Es la tercera semana que paso con Miranda en el estudio, y ya no resisto tenerla tan cerca.

Después de lo ocurrido el sábado, siento que voy a explotar si no logro convencerla de que me dé una oportunidad. Estoy seguro que le gusto y la movilizo. Esas reacciones femeninas las conozco al dedito. Posiblemente mis antecedentes sean los que la alejan de mí. Tendría que decirle a mi vieja esta noche en la cena, que traté de agarrar mi posibilidad, pero se me escurre peor que el agua entre las manos.

Entro en el estudio con la firme intención de encararla temprano.

¡No está! ¿Dónde se metió? Ya son las nueve y media. Un escalofrío desconocido me recorre desde los pies hasta la cabeza.

«¿Se fue?».

Sobre mi escritorio veo el pilón de trabajo que imprimió para mí y una nota:

Doctor Albarracín
Recuerde que llego más tarde. Tengo que pasar por la facultad temprano.
Regresaré cerca del mediodía.
Miranda Serrano.

¡Dios que alivio!

Desconozco cuándo reanuda ella sus clases, ni en qué horarios cursa. Estoy a un año de cumplir los treinta y me encuentro desarmado ante una nenita de veinte. Tengo que terminar con esta boludez de inmediato. No puede ser que me tenga agarrado como a un infeliz adolescente.

Es hermosa, su trasero y sus pechos están esculpidos por un artista. Su caminar sensual, me provoca. Sus ojos tienen un color increíble, y están todo el tiempo expresándome cosas. Su piel es suave, firme, cálida. Es madura y astuta. Sabe defenderse. Pone frenos todo el tiempo, pero su cuerpo me llama a gritos. El grave problema es su lengua, jamás dice lo que quiero que diga.

«Mierda y re mierda, estoy cada día peor».

Primer mail de la semana:

-.-

Para: Doctor Santiago Albarracín
De: Doctor Manuel Salerno
Asunto: Mis más sinceras felicitaciones

Recibí el informe del día viernes.

Trabajaste junto a tu secretaria hasta tarde, y no tengo observaciones.
La próxima vez pondré cámaras en tu sala de reuniones.

Estudio Jurídico Salerno
Doctor Manuel Salerno
Abogado – Director
-.-

Y menos mal que Manuel no estaba en el boliche el sábado a la noche.

—Buenas tardes doctor.

Su saludo en el intercomunicador me hace saltar el corazón, mientras mis hormonas se frotan las manos.

Voy hasta su escritorio. Necesito mirarla a los ojos para saber cómo se vino armada hoy. Todavía guardando su cartera en el armario, la veo de espaldas. Pantalón beige ajustado, blusa marroncita con pinceladas en tonos más claros. Sus altísimos tacos y al girar hacia mí, me reconforta ver que el escote vino con ella al estudio.

—¿Encontró mi nota? —pregunta algo sorprendida al verme observarla.

—Sí. ¿Todo bien en la facultad? —digo, recostado en la puerta de entrada a mi despacho, con las manos metidas en los bolsillos del pantalón y una leve sonrisa que muestra lo contento que estoy del vestuario que escogió para hoy.

—Sin problemas —responde bajando la vista y huyendo a sentarse frente a su escritorio.

—¿Cómo haremos cuando retome la facultad? —pregunto acercándome, apoyando mis manos en su escritorio, algo inclinado y a menos de cincuenta centímetros de su preciosa y sabrosa boca roja iluminada con un suave brillo. «Se la parto en dos».

No se aleja ni un milímetro, levanta la vista casi desafiándome antes de contestarme:

—No entiendo la pregunta doctor. De nueve a cinco trabajo en el estudio. A la facultad entro a las siete.

¡Pobre! No va a tener vida. «Que se joda, ya se pasea bastante los fines de semana».

—Me parece bien. No podemos aceptar menos horas que las contratadas —le recuerdo, para que tome nota.

Sigo sin moverme. Ella mantiene su postura. Ladea un poco la cabeza, creo que va a besarme, trago saliva dispuesto a aceptar el beso y mandar a la mierda las putas cámaras de Manuel.

—¿Necesita algo más doctor?

«Sí muñeca. Necesito sacarte toda la ropa en este instante. Tirarte sobre el escritorio y demostrarte de todo de lo que te estás perdiendo por tarada». Pero prefiero decirle—: No. Gracias.

—Debo recordarle que en la agenda figura el cumpleaños de la señorita Luciana.

Mierda, me olvidé del cumple de Luciana. Miro pícaro a Miranda y se me ocurre:

—Gracias Miranda, salgo a comprarle el regalo. Regreso enseguida.

Seguro que Luciana preparó algo. Hoy es lunes y no podré ir a cenar con mi vieja.

—Envíe a casa de mi madre, un ramo de rosas blancas. Ya le alcanzo la tarjeta que pondrán en él.

Exprimo mi mente. Un regalo para Luciana. Una bolsa que pueda ver Miranda y le carcoma el hígado.

«Una joya» No, una joya no, quiero carcomerle el hígado, no espantarla de entrada. Además tampoco tengo que darle tantos aires a Luciana.

«Un perfume». No.

«Lencería» ¡Eureka! Mi yo interior se regocija. Tiene que ser una lencería sexy, una que invite a los ratones. Una que encienda de envidia a Miranda, pensando que voy a disfrutar de la misma con otra mina, ni bien vea el envoltorio.

Regreso a la oficina, más que contento con mi bolsa que tiene carteles luminosos que se prenden y apagan diciendo "ven a gozar conmigo". Me froto las manos en mi mente, disponiéndome a ver la cara que pone al verla.

¿Asco? ¿Desaprobación? Lo cierto es que no es una cara indiferente. La bolsa la ve. Pero no termino de entender ese gesto como de… de…

«¿Qué boludo? ¿Me está considerando un boludo?».

No la soporto. Me saca de mí. Me tiene podrido. La mandaría a la mismísima mierda, si no fuera porque primero, necesito hacerle ver que no soy ningún boludo.

Me encierro en mi despacho furioso. Ella se lo pierde. Si me hubiera dejado seguir el sábado, no hubiera comprado lencería para Luciana y estaría quitándole la de ella.

—Su madre en línea uno doctor.

Mi vieja, alias "la oportuna". Respiro hondo. Tengo que tranquilizarme o además de Miranda, también tendré que fumarme a la adivina.

—¿Te gustaron Reina?... Perdoname hoy no puedo ir a cenar con vos. Tengo un cumpleaños de gente amiga... Besos.

En casa de Luciana, me doy cuenta de lo desubicado de mi regalo. Entré casi escondiéndolo al ver tanta gente. Quise joder a Miranda y terminé como un tarado trayéndole la bolsita a Luciana.

Me aburro sobre manera, entre un montón de idiotas adrenalínicos. Luciana hace esfuerzos por contentarme sentándose en mis rodillas y acariciándome el pelo, mientras habla con el resto de los invitados. Pensaba cenar a solas con ella, revolcarnos en su cama y regresar a mi casa temprano. Ni por las tapas me imaginé que cumplía treinta. No los aparenta en lo más mínimo.

Los invitados intentan convertir la noche en eterna, hasta que finalmente se despiden.

Me siento sobre el apoyabrazos del sillón, con las manos en los bolsillos. Luciana se acerca, me besa y mi humor cambia cuando la escucho decirme:

—No te muevas de acá. Tenemos que estrenar tu regalo.

Sirvo un par de copas. Pienso que tal vez sea mejor reunirme con ella en su cuarto. El living es un desastre de vasos, restos de comida y ceniceros repletos de colillas. Antes de llegar a la puerta, la veo salir de su habitación.

Despampanante, con el *body* negro, portaligas y zapatos de taco. Yo solo le traje el *body,* el resto es parte del vestuario de nuestros acostumbrados juegos. La levanto en andas. Ya está decidido que lo mejor es la cama.

Luciana, va elevando mi temperatura, desde el momento en que la veo aparecer así vestida. Igual, a ella le gusta hacer el trabajo, bien lento. Todo es muy prometedor y respondo. Miro su boca. De allí solo salen cosas dulces, a veces algo sucias, pero nunca una frase de rechazo. Las tetas son interesantes, aunque un poco más pequeñas que las de Miranda. El culo sí no se compara con el de mi secretaria. La turra de mi empleada, tiene un culo perfecto.

Termino reventado. Entro a mi departamento preguntándome cómo fue que mientras partía en dos a Luciana, solo tenía en la cabeza a Miranda.

Pienso en ella y vuelvo a excitarme.

«Ratones vuelvan a su jaula. Esta noche se acabó la diversión».

*****

—Federico ¿Sabés de alguna productora que esté buscando gente? —pregunto durante la cena.

—No, pero en Abril seguro que todo vuelve a la normalidad. Te aviso. ¿Para…?

—Para mí.

Mis dos amigos, dejan sus cubiertos sobre el plato y me dedican toda su atención, por lo que me doy cuenta que debo dar explicaciones.

Antes de comenzar, un nudo me ata la garganta y muy a mi pesar, me largo a llorar como cuando era chica.

—No puedo más —me escucho diciendo—. No soporto tenerlo tan cerca... Y él se la pasa enrostrándome lo bueno que está.

Federico acaricia mi pelo y Cristina en cuclillas junto a mí, toma mi mano y la masajea.

—No quiero esa vida para mí. No quiero morir por él y que me deje ni bien me tenga.

—¿Por qué pensás que va a dejarte?

Levanto los ojos hacia Cristina, con el dolor estallando dentro de mí.

—Porque es un mujeriego incurable. Porque para él nosotras somos solamente fuentes de placer. Porque atiendo a diario los llamados de sus levantes, y las escucho rogarme que por favor las comunique con él. Porque sé que una vez que te deja acercarte, no podés abandonarlo.

—Lo estás idolatrando Miranda. Es seductor, pero no será para tanto.

La ingenuidad de mi amiga me conmueve.

—Probé su boca Cristina. Las sensaciones no se quedan ahí. Caminan por tus venas envenenándote. Te enciende cada poro con solo mirarte. Lo tuve cerca, pegado a mí, me acarició y te aseguro que ni enchufada a 220 me recorrería tanta electricidad por el cuerpo. ¿Sabés lo que debe ser una noche con él? Te volvés loca después de eso.

—Miranda no puedo creer lo enamorada que estás —Federico me escupe su certeza.

—No puedo estar enamorada de él. No hace ni un mes que lo conozco.

—Mi vida, estás enamorada hasta la coronilla.

—¿Qué voy a hacer? —mi llanto es más fuerte e inconsolable.

—Vas a romperle la cabeza, cariño. Vas a enamorarlo y hacerlo desearte, hasta que o te jura amor eterno o se interna en cualquier loquero.

—No puedo… Si pierdo no me recupero.

Federico me obliga a pararme, limpia mis mejillas inundadas en lágrimas y me ordena—: Vas a poder. Vas a ganar. Eso te lo aseguro yo. ¡Mirate Miranda! Sos una diosa griega. Si no me gustaran los hombres, no te me escapabas. Santiago va a adorarte. Seguramente estará excitado con tu presencia y encabronado porque no bajás la guardia. Deja que siga en esa. Cuando empiece a subir su mirada y te vea a los ojos, ya no podrá dejarte ir.

—Ahora debe estar revolcándose con la tal Luciana. Le compró lencería de regalo.

CAPÍTULO 5

Federico anoche, me levantó la autoestima. Cristina se quedó preocupada, y dormimos juntas en mi cama.

Esta mañana me levanté con más pilas que nunca. Al mirarme en el espejo, supe que Federico tenía razón. No soy vanidosa, pero reconozco que soy bonita y mi cuerpo me acompaña lo suficiente como para terminar armando un conjunto tentador a los ojos de un hombre. Sé perfectamente que lo que ofrezco atrae a Santiago. Eso lo reconocería hasta la casta de mi madre. Supongo que mi cerebro lo inquieta y, por alguna razón, confío más en él, que en mi físico.

Tomo la cartera con aire superado y me lanzo a la calle, dispuesta a llevarme por delante todo lo que impida que Santiago me elija, por encima de cualquier otra mujer en el mundo. ¡Vaya! La gata se está lamiendo las garras.

Llega después que yo, y se le dibuja una sonrisa que no disimula al verme. Dejé las blusas de lado y hoy traigo un vestido negro que se ajusta a mi cuerpo. No tiene mangas y el escote es amplio adelante y atrás, sin llegar a ser un vestido de noche. Debo reconocer que un par de centímetros más de falda no le harían daño. Pero es lo que hay. El aire acondicionado está fuerte y siento un poco de frío, pero mi gata tiene atrapado el saquito de hilo que traje por las dudas, y amenaza con despedazarlo si intento sacárselo.

—Buen día doctor.

Pasa junto a mí con las manos en los bolsillos, casi tocándome. Prolonga un segundo el momento en que está a mi altura. Pero hoy vine preparada y no me dejo sorprender. Giro acompañando su andar, dejándole una muestra de la vista de mi trasero, que estoy segura no se le escapa.

«Esta vez va en serio doctor», lo desafía mi mente.

Me río para mis adentros reconciliándome con la gata oculta, que ahora se presenta ante mí, ronroneando y frotándose entre mis piernas. En menos de cinco minutos, cae en la trampa.

—Por favor Miranda, la necesito en mi despacho.

Tomo aire, empujo los hombros hacia atrás, controlo mi pelo y maquillaje en el cristal polarizado de la entrada, y anotador y lapicera en mano, ingreso a su despacho. Tengo la gata frotándose entre mis piernas, lo que me otorga un caminar que reconozco cuidadosamente discreto, para no pisarla.

Los ojos azules me recorren de arriba abajo, sin poder ocultar cuánto les gusta la imagen.

—¿Doctor? —digo para dejarlo en evidencia.

Carraspea—: Franco… Franco está terminando en Tucumán.

—Creí que le tomaría el resto del mes.

Hace una seña con su mano para que me siente. Hago gala de mi mejor escuela para acomodarme frente a él, y cruzo las piernas recostándolas hacia un lado. Acomodo un mechón de pelo detrás de mi oreja y levanto la vista, dándole a entender que ya estoy lista para escucharlo.

¡Caramba! No era consciente de que tenía tanto poder. Federico no se equivoca. El pobre Santiago está a punto de recoger su pera del piso. Tiene los ojos desencajados. Puedo sentir sus hormonas torturándolo.

«¿Qué pasa doctor, Lucianita no fue suficiente?»

Me termino apiadando de él y lo ayudo un poco para que arranque:

—¿Qué día llega el doctor Salerno?

—Mañana…, creo.

—¿Tengo que disponer algo?

—¿Eh? No, no, en absoluto. Todo lo que necesita en Tucumán, ya se lo hemos enviado. Lo que necesito es… que… Necesito que traiga el informe del juzgado, de Murray.

—¿Ya tenemos un informe? Creí que no se había expedido el juzgado todavía.

Te tengo muñeco. No tenés ni idea de para qué me llamaste.

—Me refiero a lo que presentamos nosotros. Y voy a necesitar que me comunique con el estudio Lasalle. Vamos a poner un auditor de parte en el caso.

—¿Alguien es especial?

—Sí. Lasalle mismo.

Hago un gesto preguntando si se le ofrece algo más.

—Gracias Miranda, nada más por ahora.

Me levanto con cuidado, como distraída en mi anotador. El mechón rebelde vuelve a caer sobre mi cara, y lo obligo nuevamente a quedarse tras la oreja. Giro y salgo del despacho de mi pobre jefe, con el mismo aire con el que entré, pero imagino que la vista lo gratifica tanto como la anterior.

¡Guau!, lo que soy capaz de hacer. Me desconozco, me aplaudo interiormente, mientras el intercomunicador le avisa que Salerno padre lo quiere en su despacho.

Quince minutos después, escucho sus pasos bajando por la escalera, cuando a mi celular entra un llamado de Federico:

—Hola —digo con un tono entre sorprendido y sugerente.

El pobre Federico interrumpió su trabajo para interesarse por mi ánimo y yo lo acoso con mi tonito. Santiago no terminó de bajar la escalera, seguramente está agazapado fisgoneando. Aprovecho:

—¿El viernes? Dale, no tengo planes.

Mi amigo se ríe del otro lado de la línea y me advierte que le ponga collar a la gata, que se me está escapando solita.

—Estoy trabajando Federico. Llamame después y arreglamos.

Mi jefe está casi a mi lado. Dejo el celular sobre el escritorio, donde puede verse todavía claramente, que quien me llamó es "Federico". Levanta una ceja medio burlón y regresa a su escritorio. «¿Fue una burla o un desafío?», me pregunto cuando a quien llama ahora a su despacho Salerno padre, es a mí.

—Siéntese Miranda, por favor. Se cumple un mes de su ingreso al estudio, y estoy interesado en saber cómo se siente entre nosotros.

—Perfectamente doctor —contesto algo intrigada.

—¿Algún inconveniente con el trabajo… o los doctores?

—Ninguno —aseguro, recordando que estaba muy interesado, cuando me contrató, en que yo no confundiera trabajo con placer.

Casi puedo verle una sonrisa, pero la oculta rápidamente.

—¿Qué sucederá cuando se reciba? Supongo que preferirá un trabajo más acorde a su profesión.

—Encuentro muy creativo mi trabajo aquí doctor. Creo que puedo incorporar mis conocimientos de alguna manera. Por el momento me siento a gusto y… no me recibí todavía… ¿Los doctores presentaron alguna queja por mi trabajo?

No me olvido de la sonrisita en la cara, con la que Albarracín bajó, luego de hablar con Salerno padre.

—En absoluto, los doctores Albarracín y Salerno, como yo mismo, estamos muy conformes con su desempeño.

Seguro que para eso lo hizo subir a Santiago, para preguntarle sobre mí.

—Bueno Miranda, si no hay nada más que decir, voy a pasar a personal, la noticia de que usted forma parte fija de nuestro *staff*.

Me está esperando recostado contra el marco de la puerta de su despacho, con la cabeza algo ladeada, las manos en los bolsillos, y una sonrisita que no me deja ver sus dientes.

—¿Disculpe? —digo dejándolo en evidencia.

—¿Seguimos trabajando juntos? —me increpa.

—¿Por qué no? —respondo indiferente, pero mi vestido no me esconde tan bien. Se acerca a mi oreja y susurra:

—Bienvenida al juego.

Gracias a Dios que se mete en su despacho, porque estoy a punto de salir corriendo empapada, por la puerta.

Hoy regresa Salerno y por consejo de Federico, aparezco en la oficina con un pantalón tranquilo y una blusita de florcitas *liberty* sin mangas, con cuellito redondo. Mi pelo atado en una colita de caballo. Casi parezco una colegiala ingenua, salvo por los tacos que no me abandonan.

Están los dos muy divertidos en la sala de reuniones y evito interrumpirlos. Prendo mi computadora, y antes de sentarme ingresa por la puerta del despacho una mujer de unos cincuenta y tantos, sumamente elegante.

—Buen día. —La recibo con una suave sonrisa.

—Buen día Miranda, soy Clara Albarracín.

«¡Mi suegra!», me digo y le tiendo la mano en señal de saludo y respeto. La mujer me corresponde y veo que me observa con una sonrisita pícara. ¿Qué le habrá dicho de mí?

—¿Está mi hijo Miranda?

—Si señora, si me permite ya lo llamo.

Antes que pueda ir por él, ya está junto a su madre, dándole un tierno beso en la mejilla.

—Mamá, la señorita es Miranda, nuestra secretaria.

—Ya me di cuenta hijo —dice continuando con su sonrisita y ahora puedo descubrir que es la culpable de esos ojos azules que me cautivan.

—¿Regresó Franquito?

—¡Clara por favor!, no me desprestigies frente a la secretaria. —Salerno hijo sale a defender su seriedad envuelto en una tierna mirada hacia la madre de su amigo.

La señora Albarracín, me guiña un ojo—: No hay que herir susceptibilidades masculinas, ¿verdad Miranda?

—Vení a mi despacho mamá. Si te dejo seguir nos destruís de un solo tiro a los dos.

Me cae bien la señora.

*****

—¿Puedo saber a qué se debe el honor?

No es común que mamá se desplace desde Pilar al centro y menos para venir a visitarme en la oficina.

—Tenía intriga, lo reconozco.

—¿Intriga?

—Me intrigaba saber quién es la persona que te trae tan tenso últimamente.

—¿Y quién me tiene tenso?

—Tu secretaria.

—Mamá estás fabulando —me defiendo.

—Es muy bonita. ¿Están jugando al gato y el ratón?

—¿De qué hablás?

Sé que tengo que detenerla, pero quiero saber qué es lo que ella cree que está pasando. Su mirada femenina siempre me trae luz.

—Jugué *bridge* ayer con Ana Salerno. Su marido le dijo cómo estaba vestida Miranda y hoy la veo casi haciendo de nenita.

Me rompe soberanamente las pelotas, saber que Manuel se fijó en la vestimenta de Miranda.

—Reina, la secretaria se viste según su ánimo. Eso no tiene nada que ver con Franco o conmigo.

Se ríe con ganas. Me siento un tonto, tratando de engañarla.

—Hablás conmigo Santiago. Te gusta —afirma segura—. Acabo de verlo en tu expresión.

—Me gusta, lo reconozco, y sé que le gusto también… —soy un tarado, caí como cuando era chico, en sus redes de madre astuta.

—¿Pero…?

—Es complicado mami. No tengo buena fama, y en la oficina eso es sabido. Por otro lado… es muy nena…, mi secretaria… No me conviene.

—Decime una cosa Santiago ¿cuánto te gusta?

—Mucho —para qué negárselo—, pero…

—Ganátela. No la provoques, no la desafíes. Ganátela.

—Eso y pedirme que no sea yo, es lo mismo —le confieso algo apenado.

Mamá se levanta de su silla, me palmea la espalda, se despide de mí saliendo por la puerta y dejándole un "buenas tardes" a Miranda.

Rita me dejó un suculento pollito con papas y algo de ensalada. Me traje trabajo a casa y como con ganas, mientras ojeo los papeles de Murray, que tengo que enviar al estudio de Lasalle mañana.

Miranda me entregó todo listo y ordenado, incluso agregó un par de llamadas con acotaciones muy interesantes.

Es muy inteligente y eso me obliga a no descuidarme con ella.

El vestido de ayer me volvió loco, pero la onda de hoy me encendió todas las hormonas.

¡INCREIBLE EL MINÓN!

Su piel es suave y tersa. No puede tener tanta experiencia con veintitrés añitos. Me doy cuenta que me como el pollo como si me la estuviera comiendo a ella. Qué suerte que estoy solo, mi imagen debe ser muy ridícula en este momento.

"Ganármela" ¿Pero cómo? Qué guacha la vieja, me dejó la idea pero no me explicó las estrategias. Parecía más del lado de ella que del mío. «¡Yo soy su hijo!»

Sé cómo ganar un juicio y cómo ganarme una mina. Pero no estoy seguro de saber cómo ganarme a Miranda. Jamás necesité de eso. Las mujeres se me dan sin objeciones, sin que necesite elaborar ninguna estrategia. Con Miranda todo es muy complicado.

No puedo recurrir a Franco. Él es como yo. Jamás tuvo una novia.

«¿Una novia? ¿De qué estoy hablando?» ¿Santiago Albarracín el novio de alguien? ¿Yo haciéndole de novio a alguien, para casarme, tener hijos y andar como mi cuñado de pollerudo por la vida? ¡JAMAS!

Regreso al informe de Murray. La boludez no puede permanecer por más tiempo en mi cabeza. Me falta la corroboración de que el propio Lasalle será el auditor. Mierda, tengo que dejar esto en mesa de entradas temprano.

Tengo el celular de Miranda agendado. No es tan tarde y la llamo. La música fuerte casi no me deja escuchar su "hola".

—¿Miranda?

—Doctor Albarracín.

—¿Dónde está?

—Viviendo. Supongo que me llama por trabajo.

La voy a estampar por teléfono. ¡Hoy es miércoles!

—Necesito la confirmación de que Lasalle en persona será el auditor en lo de Murray.

—Sí. Se lo anoté en la presentación.

¿Me lo anotó? ¿Dónde? ¿Tan distraído estoy que no me di cuenta? Sí, me lo anotó acá. ¿Qué carajo hace a esta hora, con música de fondo?

—No lo vi. Disculpe —me avergüenzo de mi infrecuente torpeza.

—¿Algo más?

—Buenas noches. Divertite.

Divertite, que ya te voy a sacar las ganas de andar de joda a esta hora en medio de la semana, mientras yo estoy laburando como un pelotudo.

Me pregunto cuánta experiencia puede acumular una chica a su edad.

Perfecta. La muy desgraciada se acostó quién sabe a qué hora, después de una noche de alboroto, sexo y seguramente alcohol; y está fresquita como una lechuga. Hoy me trajo su modelito secretaria ejecutiva, con pollera tubo y blusa.

Bueno muñeca, a comenzar el jueguito de hoy.

—Buen día Miranda. Presenté en mesa de entradas el legajo de Murray. Lasalle viene a las doce. Necesito que contrate un menú tranquilo, tendremos el almuerzo de trabajo acá.

—¿Picada de quesos y fiambres con alguna ensalada refrescante?

—Perfecto —me sorprende su eficiencia o lo bien que ya me conoce.

—El doctor Franco lo espera en su despacho.

Le agradezco, y me retiro ignorándola. Sé perfectamente en qué estado la dejo.

Capítulo 6

El sábado es el cumpleaños del jefe mayor. Al parecer siempre festeja con amigos y el personal, dando una fiesta en su casona de Martínez, a mediodía. Hasta el cadete está invitado. Me retuerzo los sesos tratando de pensar qué atuendo sería el correcto y si debo ir sola o acompañada.

Mis jefes están muy ocupados en un almuerzo de trabajo con el dueño del estudio donde trabaja Cristina. Me lucí armándoles una mesa suplementaria con una buena picada y ensaladas.

Subo a la oficina de la secretaria de Salerno padre, intentando encontrar algún consejo:

—Necesito de tu ayuda para el evento de Salerno —le digo. Ella es cálida y gracias a que Salerno padre me tiene bien conceptuada, me gané su confianza.

—Si te preocupa la ropa, es informal pero elegante.

—¿Puedo ir sola? La invitación dice que vaya acompañada.

—Yo siempre voy con mi pareja. Mirá Miranda, no te preocupes, el doctor y su familia son muy cordiales. No te tenses que no es necesario. Pero a él no le agrada que no asistamos.

Por un lado no quiero ir sola. Pero al único que podría llevar sin que confunda mis intenciones, es a Federico, y él este fin de semana no estará en Buenos Aires.

El sábado por la mañana, ayudada por Cristina, comienzo mis preparativos para el cumpleaños del jefe.

Repasamos depilación, uñas, baño, peinado.

«¡Dios, cuánto más fácil es ser hombre!»

Me encuentro acorralada en la discusión generada por la elección de mi atuendo, entre Federico y Cristina.

—Lo mejor es el vestido —insiste Federico, mientras Cristina prefiere un pantalón de lino ajustado en el trasero y una blusita sin mangas.

Finalmente me decido—: Cris, este es un vestido que difícilmente llevaría a la oficina. No olvidemos que estará la mujer del jefe mayor y no quiero tampoco darle una mala impresión a ella.

—Estás radiante Miranda —dice mi amigo—. Lamento mucho perderme la fiesta. Me encantaría verle la cara a tu jefe. Pero, me tengo que ir, el vuelo sale en una hora. Divertite.

Llego a la casona de Martínez, enfundada en mi vestido de tonos pastel, con un cinturón que hace juego y unas sandalias no tan altas, de taco chino. «Menos mal», me digo al ver que el festejo se realiza en el parque y si hubiera escogido otros zapatos, el taco se clavaría en el pasto.

Pensar que en la mañana volví a discutir por teléfono con papá, porque no acepto el coche que me quiere comprar, y el taxi hasta acá se llevó gran parte de mi sueldo.

La casona es enorme, centrada en un inmenso jardín que termina con una leve pendiente hacia el río. Han dispuesto mesas elegantemente vestidas, con centros con flores, posa platos de plata y cristalería delicada. El buen gusto se refleja por todos lados.

Llegué a la hora indicada, pero ya hay mucha gente. El primero en saludarme es Salerno padre que me presenta a su esposa Ana. La mujer es muy bonita y cálida. Me da la bienvenida y continúo caminando entre la gente deteniéndome a hablar con Gustavo, un muchacho un par de años más grande que yo, que está haciendo una pasantía en el estudio, en el piso del doctor Salerno.

De pronto lo veo llegar. Trae una camisa blanca, con los primeros botones desabrochados, dejando ver algo de vello en su pecho. Jamás había visto su pecho. Los pantalones azules le quedan que ni pintados. Está informal y sin embargo infartante. Decido quitar mi vista, cuando descubro que todavía no me divisó y me dispongo resuelta, a darle charla a Gustavo, con la intención de no quedarme sola. La gata, ansiosa, me araña en la cara.

*****

Siempre me rompió soberanamente las pelotas esta fiestita de Manuel. Esto de tener que estar pasando el día con todo el personal sin la distancia que otorgan las jerarquías, y en medio de todo, mi madre, que por ser amiga de los dueños de casa, siempre es una invitada más.

Diviso a mamá junto a Ana cuchicheando. Hoy la voy a tener muy difícil con sus ojos observándome todo el tiempo, y mucho más después de que cometí la idiotez de confesarle que Miranda me gusta. ¿Habrá llegado Miranda? Mientras saludo a todos, la voy buscando entre la gente.

¿Vendrá sola o con el Federico del teléfono?

Finalmente la veo. Espléndida, con un vestido que la brisa del río mece, rozándole las piernas.

«¡Quiero ser esa tela!»

Está hablando con el abogadito de la pasantía. El tipo está embobado a su lado. No soy idiota, tiene el cartel luminoso en la frente que grita "Te parto". Y ella… ¿No se da cuenta que el vampiro se la quiere tranzar? No puede ser tan tonta de querer darle bola a ese tarado. La idea de que fuera lesbiana ya la abandoné hace rato.

Los ¿celos? me carcomen y voy caminando hacia ellos, tratando de recobrar mi aplomo para no quitarla de un brazo de las garras de tremendo baboso.

Cuando solo estoy a unos pasos de alcanzarlos, el tipo lee mi gesto y cambia abruptamente su lasciva sonrisita por una especie de temor inocultable. Miranda gira para enterarse qué le provoca esa sensación a su acompañante y al verme, eleva sus verdes ojos al cielo, con un gesto que entiendo perfectamente como de fastidio.

«¿Te lo arruiné muñeca? Me alegro», le digo con la mirada y un gesto provocativo en la boca.

—Buen día. Veo que llego tarde.

No termino de decirlo que Gustavo, me saluda y se retira fingiendo ser llamado por algún otro asistente.

Quedamos solos, frente a frente, en medio de un insoportable cúmulo de personas.

—Buen día doctor. También acabo de llegar.

Disimula, pero sé que entendió perfectamente a qué me refiero.

—¿Hoy nos tocó el escenario campestre?

—¿Se refiere al festejo? Desconozco cómo fueron los anteriores, es mi primer cumpleaños del doctor Salerno.

Y otra vez la rapidez de su mente, la ayuda a salir airosa de mi insinuación al jueguito que lleva días planteándome.

—¿Una copa?

—Sí gracias. ¿Quiere que las busque yo, o por ser día no laborable las traerá usted?

La tiraría al piso, le arrancaría la ropa, le rompería la boca con un beso y le haría tragar su aire de superada hasta dejarla sin aliento. Pero mamá y mi jefe están presentes y seguro también hay cámaras para dejar guardado en la memoria, este hermoso día de cumpleaños.

—¿Qué le traigo? —soy un caballero. No le haría ese desaire fuera de la oficina.

—Champagne.

—Buena elección.

Busco un par de copas y soy demorado por conocidos y amigos de mi madre, incluso mi madre:

—Ya la vi. Entiendo que te guste tanto, es preciosa, la luz del día la beneficia. Además tan elegante…

—Mamá te pido por favor que te desconectes el *switch* de madre por hoy —le ruego.

Miranda desapareció de mi vista. Llevo como un tarado las dos copas que empiezan a perder frío en mis manos.

Franco me frena—: Recién empieza la jodita y ya tengo ganas de irme.

—Tu viejo podría dejar de hacer estas burradas.

—Andá y decíselo. Le encanta su cumpleaños. Lo arma con tanta anticipación que no puedo negarme. ¿A quién le llevás esa copa?

Me siento como un imbécil al que plantaron con la evidencia en la mano y le ofrezco la que estaba destinada a Miranda.

—¡Qué asco! No tomes esta mierda Santiago, no tiene frío.

Dejo mi copa abandonada también, junto a la de Franco en la mesa. Mi temperatura corporal seguro hizo hervir el champagne.

Los camareros nos invitan a tomar lugar para dar comienzo al almuerzo. Sigo buscando al minón infernal con la clara intención de sentarme a su lado.

—Estás lento hijo. Ya no hay lugar para vos en su mesa.

Me adivina. Mi vieja me adivina. No voy a poder sacármela de la nuca en todo el día.

Pero tiene razón, Miranda está sentada en una mesa junto a la secretaria de Manuel, su pareja, y algunas otras personas del estudio. Protesto por lo bajo, tomo del brazo a mi madre y me dispongo a sentarme en la mesa de mamá, Franco, la hermanastra de Franco y algunos más.

La comida riquísima como siempre, las conversaciones variadas y vanas, como siempre. Miranda animadísima hablando con los integrantes de su mesa y muchas de las miradas masculinas fijas en ella.

—Como siempre —me descubro bramando por lo bajo.

Manuel Salerno, se acerca al micrófono del escenario, que la banda usa para poner melodía a la reunión, dispuesto a dar su acostumbrado discurso de cumpleaños. No tengo ganas de seguir sentado con cara de idiota, mientras cuatro mesas más allá, Miranda sigue cautivando tarados. Me paro justo cuando el micrófono con la voz de mi jefe resuena y mi madre me sienta de un tirón como si tuviera dos años.

—Tiempo al tiempo hijo.

¿Quién la entiende? ¿No era que no tenía que desperdiciar el tiempo?

—Demasiada luz todavía. Dejala que se sienta un poco más en confianza.

La vieja me sorprende. Me pregunto cuántas de estas argucias habrá usado con mi padre cuando lo pescó, y la miro algo desconcertado. Ella me lanza una mirada pícara que me hace reír con ganas y disipa un poco de la tensión.

Necesito encontrar mi eje. ¿Cómo se hacía eso? Yo sabía hacerlo. Soy un ganador. Las cosas son al revés. Las minas me buscan y yo les doy bola cuando me conviene. Es así y no hay otra. Lo que pasa es que Miranda me agarró recién regresado de las vacaciones y con la guardia cansada. Listo. Con tanto laburo en la oficina, no tuve tiempo de pensar con calma y claridad, cómo son las cosas. Cómo es la ley de la vida. Simple. Ellas vienen a nosotros, nosotros decimos cuándo, cómo y de qué manera. Punto.

Finalmente Manuel nos invita a brindar. Alzamos nuestras copas y bebemos, cuando la banda da por comenzado el baile con música del siglo pasado. Mamá me toma de la mano y me arrastra a la pista.

Somos *Ginger Rogers* y *Fred Astaire*. Sé que la pareja de baile que hacemos, es admirada por todos. Fue mi maestra y desde chico adoro dar vueltas con ella en mis brazos. Lo disfrutamos enormemente y eso puede verse con claridad en nuestras caras.

La música cambia y mamá satisfecha, me planta un beso de gratitud en la mejilla. La acompaño hasta la mesa y en el trayecto veo a Miranda enternecida por nuestro "*showcito*".

«Si muñeca, soy así de tierno con quien se lo merece», le lanzo con la mirada, dispuesto a ir por ella en cuanto mi madre se acomode.

Pero ahora es Lorena, la hermanastra insoportable de Franco, quien me lleva a la pista. Un caballero no puede negarse a la invitación de una dama y pienso que, en solo un par de piezas, la dejo tranquilita y me libero.

Una pareja baila rock animadamente y descubro a Miranda siendo la integrante femenina de la misma. Sus caderas moviéndose al ritmo furioso de *Elvis*, con pasos seguros. Vueltas rápidas que obligan a la pollera de su vestido a prometer que en cualquier momento nos darán la vista más deseada. La admiración y la furia se entremezclan haciéndome perder el paso, mientras trato de mantener la vista clavada en ella.

«El eje Santiago. Buscá el eje».

La pieza termina y, quien cuernos sea que es, el que la hizo moverse con tanta soltura, la abraza feliz, elevándola unos centímetros del piso. Lo que termina siendo su cuerpo pegado al de ella. Quiero matarlo a él, a mi vieja, a la hermanastra de Franco que me hicieron esperar, y a ella… A ella voy a agarrarla de los pelos, arrastrarla por el pasto hasta mi *Audi*, trabaré las puertas, arrancaré rápidamente rumbo a mi departamento y finalmente le haré saber quién es el único dueño de esos abrazos.

«¡MIERDA!»

Pero me contengo. Todavía no sé de dónde saco fuerzas, pero me contengo. Regreso a Lorena a la mesa y tomo del brazo a Franco llevándolo conmigo a un lugar más apartado.

—¿Estas bien Santiago?

—No. Destilo furia.

—¿Querés que nos vayamos?

—Quiero saber quién mierda es el pelotudo que baila con Miranda.

Mi amigo mira hacia la pista. Ella y el tipo, siguen bailando.

—Es Marcelo Martínez, el empresario del emprendimiento de Tigre.

Mi mente hace una rápida búsqueda en sus archivos: "Treinta y tantos, soltero, lleno de plata..."

—Te está matando macho, relajate. Es una mina más.

—No. No es una mina más —realmente me sorprendo diciéndoselo.

Franco abre los ojos como platos. No puede creer lo que acabo de confesarle.

—No me jodas Santiago. ¿De verdad es más que eso?

Entiendo que no se anime a seguir preguntando. Yo tampoco le haría eso a mi amigo si estuviera en mi situación.

—Me está volviendo loco, Franco. Quiero seguir el jueguito que me plantea, pero no me dan las fuerzas. Si no es mía ahora, termino en cana.

—Tranquilo macho. Tranquilo. Ninguna mujer se te escapa jamás. Ya va a caer. Manejá los tiempos. Vení, vamos a tomar una copa.

*****

La copa de champagne de Albarracín brilló por su ausencia. La gente de la mesa donde me senté, es muy alegre y me ayudan a romper el hielo de estar junto a un grupo de personas que casi no conozco, como para lograr manejarme con soltura.

Bailo rock con un empresario inmobiliario, que sabe moverse. Es un poco confianzudo, pero por demás divertido. El sol empieza a irse y los temas se vuelven menos movidos. No quiero darle falsas expectativas a Martínez y me disculpo. Pretende acompañarme a la mesa, pero Salerno lo retiene, otorgándome la posibilidad de abandonarlo sin tener que ser agresiva.

Siento su perfume detrás de mí, su pecho apenas apoyado en mi espalda y veo su mano tendiéndome la prometida copa de champagne. El escote me permite sentir un centímetro de su piel apenas velluda y la electricidad enciende mi botón de éxtasis.

—¿Demasiado tarde? —pregunta.

Su voz es tan seductora que casi me caigo redonda al piso. ¡Gracias que traje los tacos chinos!

—Estaba pensando que ya es hora de irme —digo, absolutamente convencida de que esto se pone muy complicado.

Hace un puchero que jamás vi en su cara y borra la furia que me produjo su indiferencia durante todo el evento. Suelto una carcajada. Ladea su cabeza absorbiendo y disfrutando mi reacción que seguro no esperaba y termino aceptando la copa que me ofrece.

Me lleva hasta la escalera de mármol blanco, que desde el jardín conduce a la casa, y nos recostamos un poco en la balaustrada.

—Tremendo fiestón ¿verdad?

—Sí. Se parece a las fiestas de cumpleaños que mamá nos hacía cuando éramos chicos —digo añorando mi casa, sin darme cuenta cuánto de mí, trasluzco en esa frase.

Me mira de inmediato, inquieto, como desconcertado—: ¿En Azul?

—Sí.

—De manera, mi querida señorita Miranda, que usted proviene de una familia acomodada de la Provincia.

Me reprocho haber dejado libre tal información.

Tomo aire, busco mi centro interior e intento:

—Doctor Albarracín, por lo visto usted no ha indagado mi legajo, salvo para hacerse de mi dirección.

—Profesionalmente hablando… Señorita… —dice frío y altanero—: No necesitaba más data suya.

Llamo a la gata con desesperación. La fiesta debe estar por terminar y pasé muy poco tiempo con él. El animal quiere despertarse, pero la pose de él, recostado sobre un codo apoyado en la baranda, con la copa en la mano y la otra mano metida en ese pantalón que le queda increíble, hacen que le gane la paloma y caigo como una tonta a mirarlo embelesada. Lo nota al instante y puedo detectar las garras de león hambriento reflejadas en sus ojos azules.

Mi alarma funciona al instante, hoy no tomé más que una o dos copas. Miro mi reloj y me hago la sorprendida—: No me había dado cuenta que fuera tan tarde. Tengo que irme.

«¡SOÑÁ!»

—Es temprano Miranda. Sábado. Mañana no tenés que ir a trabajar. Te aseguro que la fiesta dura hasta la madrugada.

—Me imagino que sí. Pero como usted dijo es sábado y los sábados… vivo.

Bienvenida gata de mi corazón. Bienvenida justo ahora que lo tengo tan cerquita y a mi merced. La gata me guiña un ojo y veo las plumas de la paloma revoloteándole sobre la cabeza.

Santiago se incorpora acercándose. Baja un poco hasta mi oreja y me susurra con esa voz lasciva:

—Nada más lejos de mi intención, que hacerte perder los placeres de la vida. Te llevo.

«Pierdo el control. ¡Cuidado que lo pierdo!», me grito buscando fuerzas.

—No se moleste doctor. Tomo un taxi.

—No me desafíes Miranda, yo también quiero irme de acá.

«Gracias a Dios que vine sola y no tengo auto.»

Capítulo 7

Estoy sentada en su auto y todavía no lo puedo creer. Conduce con prisa hacia mi casa y desde que salimos, no cruzamos una palabra. Miro mi reloj distraída:

—¿Se te hace tarde? —pregunta.

—Un poco. Tengo que arreglarme y la cena ya me la perdí… No se preocupe, me van a esperar —digo intrigante, recruzando las piernas, con cuidado de no patear la gata.

—No me cabe la menor duda que te van a esperar.

¿Se referirá a que me considera una mujer digna de ser esperada? ¿O a que no me va a dejar llegar a tiempo a mi supuesta cita?

¡Dios! ¿Cómo sigo con esto?

Repaso en mi mente lo que me dijeron esta mañana: Cristina cenaba con amigos y tal vez pasaba la noche en casa de Pablo. Federico está en Rosario filmando con la agencia, un comercial y no vuelve hasta el martes. ¡En casa no hay nadie!

Un frío miedo, me agobia. Es imprescindible despedirlo en el auto. Más allá de eso, soy vulnerable. No estoy segura de que ya sea hora de ir más lejos.

Llegamos, estaciona, apaga el motor y muy caballerosamente se baja del auto para abrirme la puerta.

—Gracias. Buenas noches —intento, ofreciéndole mi mano a manera de despedida.

Juega con una risita socarrona evadiendo mi saludo—: De ninguna manera señorita. La acompaño hasta su departamento. ¿No está enterada de cuánto malandra espera agazapado para acosar jovencitas en la zona?

No me deja ni responderle que no. Me toma de la mano, cierra la puerta del auto, acciona la alarma y casi arrastrándome entramos al edificio. Gracias que llevo mis tacos chinos o me hubiera caído. El de vigilancia nos mira asombrado, pero le hago un gesto de que todo está bien. Jamás regresé a mi casa sola con un hombre en la noche, que no fuera Federico. Suelo ser muy discreta, de lo contrario tendría que aguantarme los reproches de mis padres y nada más lejos de mi intención. "Reuniones", en otro sitio.

«Lo dejo acompañarme solo hasta el ascensor».

El ascensor está en planta baja, por lo que no pierde tiempo y me introduce en él, marcando mi piso.

«Ok. Pero solo hasta la puerta del departamento».

Me mira de reojo arqueando una ceja y puedo leer con claridad su pregunta de: "¿Repetimos lo de la vez anterior?" Tomo aire, salgo del receptáculo en mi piso para flanquearle la salida y le escupo tajante:

—Ya está bien. Estoy a salvo. Gracias por todo.

Pero soy lenta, él ya está fuera del ascensor, las puertas del mismo se cierran y me ordena:

—Abrí la puerta Miranda.

—De ninguna manera. Ya te lo dije. Jefe y secretaria —le recuerdo amenazante y no dejándome doblegar. La gata le dejó el lugar a una Doberman.

—Buen momento para tutearme.

—Buenas noches —insisto, queriendo mostrar enojo en mis palabras, pero la voz me sale entrecortada.

—Buenas noches princesa —mientras me lo dice, va acercándose a mí. Termino atrapada entre la puerta de mi departamento y él.

Baja su boca hasta la mía y me da un besito tierno y templadito que me corta la respiración y aprovecha mi desconcierto para apoderarse de toda mi boca.

Con una mano me recorre la barbilla y con la otra me tiene por la nuca. Le respondo. Alguien encerró a la Doberman. El botón de encendido hormonal, accionó todos los descontroles y me sumerjo en ese beso ansiado, colgándome de su cuello. Estamos pegados, apoya su pelvis contra mi cuerpo y detecto lo que le genero.

Misteriosamente la puerta de mi departamento se abre y se cierra bruscamente detrás de nosotros, en milésimas de segundos. No sé cómo ocurrió, la llave la tenía yo. Estamos en el living y todavía no se terminó el beso.

La mano que tenía en mi barbilla, ahora está en mi espalda, aprisionándome contra él y siento su deseo desesperado contra mi cuerpo. ¡Es rápido!

—Se terminaron el secretaria y el doctor —me susurra muerto de ganas dándome una serie de besos en el cuello y siento su aliento ansioso.

No puedo respirar, no puedo pensar, mi cuerpo ruega que lo calmen y soy incapaz de parar el desenfreno en el que nos encontramos.

Mi vestido cae al piso y con la misma habilidad con la que me lo quitó, yo lo despojo de su camisa. Su pecho es varonil, el perfume acaba con mi razón. Sus manos me indagan, mientras con la boca me recorre las mejillas, el cuello, los hombros.

No me quedo atrás, la gata evolucionada en leona, hace círculos en su espalda con las uñas, mi lengua no abandona la suya, mi excitación y la de él se encuentran en el punto justo necesario para ser saciadas; cuando ya estamos en el piso.

Es hábil, experto, conoce cada caricia, sabe por dónde ir, cuándo y cómo. Finalmente no puedo más y con cada poro de mi piel, le ruego que me lleve a la cima.

Su cuerpo sobre el mío, moviéndonos a compás. Nuestros tiempos coinciden. Los jadeos nos ensordecen y terminamos liberando una risa compartida, en el instante justo en que llegamos al clímax.

Todavía está sobre mí, respirando agitado en mi cuello. Tengo miedo que los golpes que da mi corazón, lo lancen cuarenta metros en dirección contraria y le acaricio suavemente la espalda, lista para retenerlo si eso sucediera.

Como volviendo en sí, luego de un largo trance, me da una serie de besos en el cuello, se apoya sobre una de sus manos observándome por primera vez desnuda, desde el más alejado de mis cabellos hasta el pecho. Baja a besármelos y suspira—: ¡Dios Miranda! ¡Cómo te deseo!

Aplaudo feliz a cada centímetro de mi cuerpo y a cada uno de los animales que conviven en mi mente. Tomo su cara entre mis manos y la acerco para darle un tierno beso en los labios, antes de ordenarle—: Hora de irse.

—De ninguna manera —responde abrazándome—, no me movés de acá ni con mil grúas.

No puedo evitar reírme y comienzo a moverme inquieta debajo de él. Mi intención es separarnos, pero lo lee muy distinto. En segundos me lleva hasta la cama y otra vez nos amamos con tanto deseo como si lo hiciéramos por primera vez.

El reloj en mi mesa de noche marca burlonamente las diez de la mañana. Santiago está junto a mí. Duerme profundamente. Su perfume ahora es una mezcla perfecta del de ambos. Los ojos cerrados, le dan un tono tierno a su cara y me sorprende abriéndolos.

—Buen día princesa —y me besa suavecito en los labios.

—No son horas de estar en mi cama doctor.

—Buscaré la manera de resarcirle las horas extra.

Sigue mi broma acariciando mis pechos, circunda mi ombligo y vuelve a caer tentado en mis pechos.

—No podría asegurar qué parte me gusta más de vos, pero sin dudas ésta es una de mis preferidas.

Tomo su mano inquieta, deteniéndolo:

—Hora de irse. En serio.

Se apoya sobre un codo, sin retirar la mano que le retengo.

—¿Por qué nos ponés tantas murallas Miranda?

—No confío en vos.

Es cierto.

Me mira unos segundos y comprendo que entiende perfectamente mi respuesta.

—Voy a esmerarme para revertir eso.

Mientras lo dice, se levanta de la cama, me toma en brazos y me lleva hasta el baño. Abre la ducha sin soltarme y nos introduce en la bañera.

Jamás estuve bajo la ducha con un hombre. Su proximidad me enfrenta con el descubrimiento que soy insaciable ante su presencia. El agua empieza a calentarse y somos una mezcla de besos y cuerpos amalgamados que se descubren recorriéndose. No comprendo cómo lo logramos, pero cabemos perfecto y podemos volver a amarnos.

Tomo un toallón y le ofrezco otro de la pila que tenemos junto a la bañera. Salgo arropándome y secándome con cuidado. Mi piel está sensible.

Voy a la cocina, preparo un par de café exprés y acomodo en un plato, los brownies que ayer hizo Federico antes de irse.

Se acerca a la barra que separa el living de la cocina, con su pantalón azul puesto y la camisa desabrochada.

«¡Dios! ¿Cómo es posible que esté excitada otra vez?»

Me lee perfectamente regalándome su mirada desafiante, que me trajo a mal traer todo este tiempo. No quiero ser menos y le guiño un ojo en señal de aprobación.

Está casi vestido, absolutamente sexy y yo me enfundé mi remerón suelto, que cae por uno de mis hombros.

—Nuestro primer desayuno juntos y no creo que pueda degustarlo —dice detrás de mí, abrazándome por la cintura y dándome besos en el hombro descubierto.

—Compórtese doctor. El alimento es necesario. Desayune y váyase. Tengo cosas que hacer.

—¿Qué tenés que hacer en domingo?

¿Lo habré puesto celoso? ¿Estará preocupado? Giro para tenerlo frente a mí y poder entender mejor su pregunta.

—Tengo que salir a correr, después me bañaré, luego me sentaré a dibujar un par de presentaciones en la notebook, para el final que tengo pronto —digo todo colgada de su cuello y dándole suaves besitos en los labios, ante cada detalle.

Me abraza fuerte, reteniéndome. La butaca es alta, estoy sin tacos. A pesar de no estar dándole mi mejor imagen, dice:

—No quiero perderme de tu remera sudada luego de la corrida, ni de tu baño para subsanar eso, ni de tu concentración en el estudio.

—Desayunemos. Me muero de hambre —respondo antes de dejar de ser yo, y convertirme en su perrito faldero.

—Depende a lo que se refiera señorita, tal vez pueda remediar eso.

Logro juntar fuerzas para que se vaya, antes de que llegue Cristina. No puedo mantener su maratón sexual, no estoy acostumbrada.

Le prometo que nos vemos en la noche para cenar juntos y me deja con la esperanza bordada en su cara.

¡Dios! No puedo creer lo feliz que me siento.

Cristina entra y me encuentra abrazada a mí misma, el vestido tirado junto a mi ropa interior frente a la puerta y mi cara de terriblemente satisfecha que es imposible que se me borre.

*****

Llego a mi departamento y me sorprendo de estar extrañándola. Las palabras de mi madre me taladran, no sé si en la mente o en el corazón:

"Desconocés el placer de encerrarte en un pecho tibio y amado. No tenés ni idea de lo gratificante que es relajarse en el otro, sentirlo y dejar que te sienta"

Lo conocí mami, te juro que me sentí de lo mejor, durmiendo toda la noche con ella.

"Ganátela. No la provoques, no la desafíes. Ganátela. Tiempo al tiempo hijo".

Necesito aprender de todo eso. Necesito conservar a Miranda junto a mí.

El sexo con ella, me movió hasta las entrañas. No tengo límites con ella y ella tampoco los tiene conmigo. Caigo en la cuenta que a pesar de ser tan joven, maneja todos los hilos de mi deseo. No soporto verla sin tocarla. La necesito mía, todo el tiempo. Tengo que encontrar la manera de que no salga huyendo y asegurarle que me tiene totalmente atrapado. Locamente atrapado. Suena mi celular y lo tomo rápido imaginando que es Miranda.

—¿Y?

—¿Mamá?... ¿Y, qué?

—Vamos hijo. Agradecé que me contuve hasta ahora para llamarte. ¿Seguís con ella?

—No.

—¿Todo bien? —pregunta.

—No puede estar mejor.

—Me alegra.

—Mamá, no podés tirarme la punta sin explicarme más claramente las estrategias. Ayer pude haber echado todo a perder.

—Cariño… Soy tu madre, pero también soy mujer. Una cosa es darte un empujoncito y otra es servirte todo en bandeja. ¿No me vivís reclamando que ya sos un hombre? Bien hijo, sé un hombre.

—Te amo Reina.

—Te adoro mi vida. Ganátela, haceme caso, creo que Miranda vale la pena.

Mi vieja es lo más. Ella, Gabriela y Miranda.

«¿Puedo estar hecho todo un pelotudo?», me digo mirándome en el espejo, mientras dudo si bañarme o conservar en la piel el aroma de los dos amándonos.

—Sí, estás hecho un pelotudo —respondo sonriendo, a la cara que me mira desde el espejo.

Estaciono frente a su departamento. Recuerdo la bronca que tenía la noche que vine buscando el acuerdo con la firma de Rosales. Me acuerdo de eso y me hierve la sangre. ¿Qué tuvo que hacer esa noche Miranda, para lograrlo?

Me anuncio en la cabina de la vigilancia y espero que baje, recostado sobre la puerta del acompañante de mi auto. Pongo las manos en mis bolsillos para calmar la ansiedad que me provoca su demora. La veo venir hacia mí. Usa aquel hermoso vestido negro, tacos y una ligera camperita corta de cuero. Camina meciéndose seductora con la cara algo baja, y su mirada me promete un sinfín de placeres. Me muevo inquieto cuando deja de mirarme, para agradecerle al baboso de la seguridad, que le abre tan galante y estúpidamente la puerta.

«Es mía idiota», le fulmino ganador.

Ya está a mi lado, pega su pecho al mío y me besa ligera y dulcemente en los labios. No puedo resistirme, la tomo con ambas manos por la cintura y la pego bien a mí, a mi sexo, a mi corazón, a mi vida. Junto fuerzas y abro la puerta para meterla en el auto y tenerla para mí solo. ¡Dios! ¿Cómo hace para sentarse con tanta elegancia con ese vestido tan apretado? Cierro y le doy una mirada al de seguridad: «Cerrá la boca idiota porque te la rompo». Y tomo mi lugar al volante.

—¿Estás molesto? —dice apoyando su mano en mi rodilla y siento su tibieza. Acaricio su mimo y sin soltarla, me confieso:

—¿El idiota de vigilancia es siempre el mismo?

—¿Te parece idiota? A mí me da tranquilidad.

—Seguramente es muy bueno en lo suyo, salvo que le pase por las narices un minón infernal con vestidito ajustado.

Lanza una carcajada, que hiere en lo más profundo mi autoestima. Se da cuenta y como tiene una mano atrapada, usa la otra para acariciar mi nuca y jugar con mi pelo.

—¿Viste algún minón infernal?

Paro el auto en una sola maniobra delante de un garaje privado. Tomo su cara con mis manos y le planto el beso que estoy con ganas de darle desde que me despedí de ella en la mañana.

—Sos un minón infernal Miranda. Sos una diosa que se hizo mortal, solo para torturarme.

Mis palabras son sinceras. No sé si lo entiende así. Pero le gustaron mucho por lo visto, porque me besa con tanta pasión que en cualquier momento me tiro sobre ella y la desnudo en plena calle.

Elijo una mesa reservada en un restaurante de Belgrano, para cenar lo más alejado posible, de la mirada de cualquier hombre. Jamás hago eso. No me jode que otros vean la clase de minas que me acompañan. Me desconozco inmerso en lo que confieso, son unos tremendos celos de que cualquiera pueda desearla, aparte de mí.

—Estamos en problemas…

«¿Problemas? Yo no había notado ningún problema».

—El doctor Salerno puso como condición a mi estadía en el estudio, que no entable relación, más allá de lo profesional, con nadie del *staff*.

«¡Uf, qué alivio!»

—Tendremos que urdir una estrategia —digo y me mira ansiosa, mientras se retira un mechón de pelo de la cara.

Me la como. Me la como acá mismo.

—¿Estás acostumbrado a urdir estrategias con tus secretarias?

—No Miranda, no pienses eso.

No te enganches en los rumores princesa. Con vos es distinto. Pero empiezo a notar su rápida lejanía y vislumbro otra vez la muralla que me pareció que ya había derribado. Necesito tocarla y acerco mi pierna a la de ella, por debajo de la mesa.

—Miranda… Tengo una larga historia, no lo niego. No fui el novio de nadie. Me dediqué a… como diría mi madre, desperdiciar mi tiempo. Pero ahora estás vos princesa, y todo es distinto.

Empiezo a recuperarla. Siento otra vez su respiración.

—¿Qué lo hace distinto Santiago?

—Que me vuelvo loco cuando te veo. Que me cuesta respirar cuando te tengo cerca. Que descubro cuánto me molesta que otro hombre te mire.

Bajo la mesa, su pie adrede descalzo, sube por mi pantorrilla metiéndose dentro de mi pantalón y su boca me sonríe prometedora.

—Compórtese señorita. Le prometí una cena primero.

Su risa me emborracha, mientras regresa el pie a su sitio y me reprocho el haberla coartado.

—Hora de palabras lindas para mí —reclamo.

—No me expreso con palabras Santiago, me expreso con hechos. ¿No fueron claros mis hechos?

Cenamos apurados, solo pensando en el apetitoso final de nuestra segunda noche juntos, y arruino todo el clima, cuando me refiero a Rosales:

—¿Qué hiciste Miranda, para que Rosales firme?

—Le llevé el acuerdo.

—¿Sí pero qué hizo que lo firme?

—¿Qué me estás preguntando?

El hielo de su mirada verde y marrón, me congela.

—Lo llamaste a su celular privado, te citó en su yate en el Tigre en medio de la noche. Aparecés a la una de la madrugada con el objetivo cumplido…

—¿Sos tan amable de pagar y dejarme en mi casa por favor?

—¿No vas a contarme?

Otra vez siento unas incontenibles ganas de estamparla contra la pared. Creí que eso ya lo había superado.

—Como quieras —dice tomando su cartera y levantándose dispuesta a irse.

Dejo dinero suficiente sobre la mesa, le hago un gesto al camarero y salgo tras ella a la calle.

Abro la puerta del auto y se mete con la rabia encendiéndole las venas.

—¿Me voy a volver a comer un cachetazo? —pregunto poniendo en marcha el *Audi*.

—De ninguna manera doctor. Ya sé cómo contrarresta usted mis cachetazos y le aseguro que en este momento me encuentro bien lejos de querer eso.

Bufo entre molesto, inquieto y frustrado. ¿Por qué le cuesta tanto contarme cómo convenció a Rosales? Entiendo que se ofendiera la primera vez, pero ahora solo hice una simple pregunta. Me corresponde, soy su… acompañante.

Llegamos a su casa, estaciono, apago el auto y bajo con toda la intención de abrir su puerta. Pero ya está sobre la vereda caminando hacia su casa.

—Miranda.

Gira con furia sobre sus talones, regresa para quedar a dos centímetros de mí y me escupe rabiosa:

—No tenés idea de quién soy. No tenés la menor idea de nada. Estoy muy lejos de tus anteriores conquistas. —Se separa un poco y me sisea—: Terminaste con cualquier posibilidad que pudiera darte. Me doy cuenta que tampoco tengo idea de quien sos vos.

Pego un portazo en la puerta de mi departamento que bien pudo haber tirado abajo el marco. Voy arrojando ropa camino al baño, abro la ducha fría y me meto. Seguramente el vapor que logro se obtiene del agua en contacto con mi cuerpo, volcánicamente furioso.

¡Soy un hombre! Ni todos sus encantos mitigan eso. Reclamo estar al tanto, de cualquier cosa que haya pasado entre ella y un contacto del estudio.

Me morfo que Manuel note su atuendo. Seguramente también habrá notado su trasero.

Me aguanto que el bobito de la pasantía disfrute el almuerzo con ella, en mi lugar.

Me trago que el pelotudo de Martínez la abrace después de revolearla por los aires.

La dejo más que satisfecha en su casa ¿Y no soy digno de una respuesta?

¿Quién se cree que es? No tiene tanto poder sobre mí. Voy a acogotarla a ella y a mi madre que me dijo que le haga de novio pelotudo.

«Esto te pasa por calentón Santiago, por flojo».

Me visto nuevamente. Todavía no decidí si voy a ir a su casa a acuchillarla y hacer que me escupa las respuestas. Que me ruegue que la perdone, que me jure que en su vida va a volver a jugarme su jueguito de... ¿cómo lo llamó mamá? Sí, el jueguito del gato y el ratón.

No tenés la menor idea de lo que desataste Miranda. Si estás en difícil, no sabés todo lo difícil que puedo ser yo.

No voy un carajo. Pienso que queda mucho más furiosa si la ignoro.

¿Laura tendrá planes para esta noche?

Lunes por la mañana y me descubro vestido sobre mi cama. Solo.

Al final no la llamé a Laura.

Capítulo 8

No hay ninguna estrategia que elaborar. No tengo que fingir nada frente a nadie. No puede dudar así de mí, después de haber estado juntos. Después de haberme entregado entera como lo hice, sin guardarme absolutamente nada. No tiene ningún derecho. Si no sabe tratar con una mujer, que aprenda. Yo no pienso enseñarle.

Entro a la oficina muy bien plantada sobre mis tacos. No premedité ningún atuendo el día de hoy. Me vestí de secretaria formal de estudio jurídico y voy a desarrollar mi trabajo como una profesional.

Llega después que yo y me lanza un "Buen día" entrando a su despacho sin detenerse a mirarme.

«Me ahorra el compromiso».

Franco Salerno sale de su escritorio para saludarme, con una sonrisita cómplice, que mi gesto adusto hace que se trague sin la ayuda de agua, y huye a refugiarse en el despacho de su amigo.

No escucho lo que dicen, pero puedo imaginarlo. Me enfrasco en mi trabajo, que ya de por sí es mucho.

Salgo a almorzar y caigo en la cuenta que solo escuché de él, un frío "buenos días" en la mañana. No necesitó de mis servicios, ni se disculpó. No tengo apetito y camino por las calles del centro, intentando calmar mi bronca.

Los días pasan y ambos nos mantenemos indiferentes. El fin de semana casi claudico, pero me censuré las ganas tremendas de llamarlo.

Durante la mañana no los vi, ni a él ni a Salerno. Salgo del restaurante, cuando una voz me llama desde la vereda de enfrente:

—¿Miranda?

Marcelo Martínez, con la cara iluminada me hace señas. Lo saludo con la mano, cruza y me da un beso en la mejilla.

—¿Saliste a almorzar? ¿Ya lo hiciste?

—Sí, ya almorcé —contesto, mientras pienso cómo sacármelo de encima.

—Te invito un café.

Arrugo un poco mi boca para negarme.

—¿Estás apurada?

—Tengo media hora.

No tengo idea porqué acepté su invitación. Escucho poco de lo que me dice, porque sigo muy enojada y triste. Descubro que estamos en la confitería cerca del estudio, cuando Franco y Santiago entran en la misma.

La mirada que me lanza, pretende acuchillarme y separarme en mil pedazos. Pero no me doblega, devuelvo con la misma moneda. Miro mi reloj y le advierto a Martínez, que debo regresar a mi trabajo. Me estira su tarjeta mientras me saluda.

—Lo siento Marcelo, no puedo aceptar. Cuestiones personales.

Santiago no nos sacó los ojos de encima desde que entraron. Martínez los descubre y mientras me voy, se acerca a la mesa de ellos para saludarlos.

El centro está atestado de confiterías ¿y vamos a caer en la misma? No tengo nada que reprocharme, pero justo hoy, no estoy con ganas de dar falsas imágenes. Pasé un fin de semana espantoso luchando por mantenerme en mis cincuenta y no llamarlo arrepentida.

Salerno padre me reclama en su despacho. Temas urgentes requieren que su secretaria, Gustavo y yo, le demos una mano.

Todos trabajamos arduamente en su sala de reuniones. El dueño del estudio es absolutamente profesional, trata a su gente con muchísimo respeto. Trabajar para él termina siendo un placer y cada uno de nosotros, da lo mejor de sí y más, para complacerlo.

Casi a las cinco, nuestro trabajo está lo suficientemente avanzado a los ojos del jefe y nos permite retirarnos dejando muy en claro su agradecimiento ante nuestra entrega.

«Es un señor».

Bajo a mi escritorio relajada. La tarde en el piso superior requirió concentración, pero también elevó mi autoestima.

Parado recostado en el marco de la puerta de su despacho, con las manos en los bolsillos, Santiago me observa.

No puedo percibir lo que está pensando. Hago caso omiso, apago mi computadora, acomodo mi escritorio, tomo mi cartera y me despido:

—Buenas tardes.

Me ataja antes de que llegue a la puerta y me toma del brazo, reteniéndome fuerte.

—Las cámaras —le advierto.

—Me importan un carajo las cámaras, Rosales y tu pelotudo de Martínez.

Junto todo el coraje que puedo y clavándole miles de puñales con la mirada, mi Doberman se suelta:

—A lo de Rosales fui acompañada con un amigo; Martínez no tiene nada que ver conmigo y a mí SÍ me importan las cámaras. No quiero perder mi trabajo doctor, suélteme o grito.

Me suelta como si yo quemara. Da dos pasos hacia atrás, giro sobre mis pies y salgo presurosa de la oficina, sin despedirme siquiera de la recepcionista.

*****

No puedo ser tan pelotudo. No puedo ser tan idiota de perdérmela por tamaña estupidez, que encima sucedió antes de que esté conmigo.

Me rompo la cabeza buscando la manera de conseguir volver a estar con ella, de volver a tenerla entre mis brazos, estar dentro suyo.

Encontrarla con Martínez terminó de sacarme. Regresar a la oficina y no verla en su escritorio, me preocupó más de lo que creí, pudiera preocuparme.

Su voz fría y lejana escupiéndome sus verdades, me lapidó.

«Jodido, estoy jodido».

La semana transcurre y la frialdad de Miranda parece no tener fin.

-.-

Para: Miranda Serrano
De: Doctor Santiago Albarracín
Asunto: Perdón

Estudio Jurídico Salerno
Doctor Santiago Albarracín
Abogado adjunto

-.-

Y espero… Espero. Cinco minutos y nada. Hasta que finalmente:

-.-

Para: Doctor Santiago Albarracín
De: Miranda Serrano
Asunto: Re: Perdón

Cabrón y jodidamente cobarde.
Disculpas denegadas

Estudio Jurídico Salerno
Miranda Serrano
Secretaria
-.-

¿Cabrón y jodido cobarde me mandó? ¿Quién mierda se cree?

-.-

Para: Miranda Serrano
De: Doctor Santiago Albarracín
Asunto: Re: Perdón

Qué pena, una boquita tan linda diciendo esas groserías. El rencor mancha el alma Miranda. Pensalo mejor.

Estudio Jurídico Salerno
Doctor Santiago Albarracín
Abogado adjunto

-.-

Para: Doctor Santiago Albarracín
De: Miranda Serrano
Asunto: Re: Perdón

Qué pena una mente tan brillante que no sabe distinguir cuando esta frente a una dama.

Mi alma en perfecto estado. Gracias por preocuparse. Revise la suya, seguro que el remordimiento no lo deja tranquilo y le hace elucubrar tonterías.
Revise de paso su conciencia, tal vez tenga algo que ver en hacerle buscar en los demás, conductas propias.
No contesto sin pensar doctor, creí que ya lo tenía en claro.
¿Se le ofrece algo más, o puedo seguir con mi trabajo?

Estudio Jurídico Salerno
Miranda Serrano
Secretaria

-.-

La quiero matar, la quiero estampar contra la pared y hacerla papilla… a besos, hasta que me deje volver a hacerla mía.

Me río fuerte sin darme cuenta que está a pocos metros y seguramente me escucha.

-.-

Para: Doctor Santiago Albarracín
De: Miranda Serrano
Asunto: Re: Perdón

¿Le provoco risa?

Estudio Jurídico Salerno
Miranda Serrano
Secretaria

-.-

Para: Miranda Serrano
De: Doctor Santiago Albarracín
Asunto: Re: Perdón

Qué pena una mente tan brillante que no sabe distinguir cuando esta frente a una dama.
Sos tan DAMA que tengo miedo de no estar a tu altura.
Mi alma en perfecto estado. Gracias por preocuparse.
En perfecto y hermoso estado, no necesitás decírmelo.
Revise la suya, seguro que el remordimiento no lo deja tranquilo y le hace elucubrar tonterías.
No me cabe la menor duda, y apelo a eso para volver a solicitar tu perdón.
Revise de paso su conciencia, tal vez tenga algo que ver en hacerle buscar en los demás, conductas propias.
Ídem punto 3 y si me lo permitís, agrego mi formal compromiso de no volver a caer en el mismo error.
No contesto sin pensar doctor, creí que ya lo tenía en claro.
¿Siempre es así Miranda? Si tu respuesta es afirmativa quiere decir que ese sábado en tu casa, eras muy consciente.
¿Se le ofrece algo más, o puedo seguir con mi trabajo?
A vos. Toda vos. Todo el tiempo, solo para mí. Acá, fuera de acá, en todo lugar. A vos otra vez mía.
En lo referente a si me provocás risa:
Quisiera sincerarme y contestarte que... a veces sí, pero temo ser castigado.

Estudio Jurídico Salerno
Doctor Santiago Albarracín
Abogado adjunto

-.-

Espero comiéndome los codos su respuesta. Necesito haber sido lo suficientemente convincente. Cinco minutos después, llega un mail de Manuel:

-.-

Para: Doctor Santiago Albarracín; Miranda Serrano

De: Manuel Salerno
Asunto: Re: Perdón

LOS QUIERO A LOS DOS EN MI OFICINA DE INMEDIATO.

Estudio Jurídico Salerno
Doctor Manuel Salerno
Abogado — Director

-.-

Subimos casi a las corridas. Yo por intentar alcanzar a Miranda y ver su cara antes de enfrentar a Manuel. Ella, supongo que por intentar mantener su trabajo.

La secretaria nos hace pasar con cara de incertidumbre. Manuel parado detrás de su escritorio, con la furia plantada en la cara, nos increpa de inmediato:

—Me tienen más que podrido los dos.

Jamás le escuché un tono tan fuerte dentro de la oficina. Tal vez en su casa, cuando llegábamos borrachos con Franco, luego de una noche alocada. Pero nunca en su despacho.

—Disculpe… doctor —suelta Miranda avergonzada.

La ignora resoplando y me mira. Estoy seguro que me voy a comer una trompada o un despido.

—Decime una cosa pedazo de… idiota ¿Qué te pasa con Miranda?

No me esperaba eso y mi corazón me traiciona—: La adoro. Estoy loco por ella.

Miranda gira para ver si no miento, con la boca abierta.

—No me cabe la menor duda, estas hecho un reverendo pelotudo. ¿Y a vos Miranda? ¿Qué te pasa con él?

¿Duda? La muy guacha duda. Quiero sacudirla para que reaccione. Hasta que por fin dice:

—Pensé que me pasaba lo mismo. Traté de evitarlo doctor. De cualquier manera ahora todo cambió.

No me perdona. Abrí mi alma en el mail y ante Manuel ahora, y no me perdona.

—Muy bien… Sus temas personales los resuelven fuera de la oficina. Fui muy claro con los dos hace tiempo. Si no pueden entender lo que les digo, dejen sus renuncias a mi secretaria.

Toma aire buscando un poco de aplomo antes de continuar:

—Miranda, a Santiago lo quiero como un hijo, si me dice que la adora, la adora. Santiago, si volvés a meter la pata con Miranda, te rompo el culo a patadas. ¿Me entendieron?

—Sí —respondemos al unísono.

—Salgan de mi despacho, ya son las cinco. Tómense un café y pónganse de acuerdo en qué carajo van a hacer de ahora en más, porque me tienen repodrido. ¡Fuera!

La dejo pasar primero a ella y rozo su cintura con mi mano. Siento la electricidad que nos genera a los dos el contacto.

La secretaria de Manuel ya no está. Bajamos callados y puedo ver su melena mecerse. Quisiera atraparla, besarla, pero me contengo.

No puedo creer que Manuel haya leído nuestros mails. ¡TODO ESTE TIEMPO!

Llegamos junto a su escritorio y se apoya en él, largando toda la tensión que vivimos arriba. Me muero de ternura, quiero sacarla de ahí, no me contengo y la estrecho entre mis brazos, igual que lo hacía mi madre cuando por alguna razón llegaba desconsolado. Me doy cuenta que llora y se me estruja el corazón.

—No llores princesa. Manuel ladra pero no muerde. Te ruego que no llores.

La separo de mí y levanto las manos mostrándole que no voy a volver a acercarme sin su permiso.

—Me muero de vergüenza —larga por fin, con la cabeza mirando el piso.

—No tenés nada de qué avergonzarte Miranda. Perdoname por favor.

Pero no logro consolarla.

—Miranda, la culpa es toda mía. Si no querés saber nada más conmigo, olvidate, no voy a volver a molestarte. Tenés más que merecido tu lugar en el estudio. Por favor recomponete. No te merecés sentirte como te sentís.

Toma su cartera y huye por la puerta.

«La perdí».

Capítulo 9

Dije que no la molestaría y cumplo mi palabra.

Paso todo el fin de semana en casa de mi madre, con la excusa de estar con Gabriela y su parentela, pretendiendo que quiero disfrutar de mis sobrinos.

Mi hermana y su esposo viven en el mismo *country* que mamá. Me sorprendo pasándolo bien con los críos, que ahora ya hablan, y me divierto con su media lengua burlándolos y haciendo que se enojen.

—No seas chiquilín Santiago. Dejá a mis hijos en paz o te vas a arrepentir.

Un halo de nostalgia se apodera de mí. Enfrento desafiante a mi hermana, que recuerda sus prácticas de yudo y caemos juntos al piso del jardín. Mis sobrinos se meten entre los dos, jugando a separarnos y nos damos cuenta de lo mucho que extrañamos esos encuentros fraternos.

—Te quiero tanto idiota.

—Yo igual tarada, a pesar del pollerudo de tu marido y de tus insoportables críos.

Me pega un codazo en el hígado y me hago el herido para que mamá venga a socorrerme. Exactamente igual que cuando éramos chicos.

—Dale nenito, no te hagas —dice tendiéndome una mano solidaria, ayudándome a parar—. ¿Qué te pasa hermano? ¿Qué te han hecho durante mis vacaciones?

—¿Por? —digo intentando evitarla.

—Alguien te partió en dos Santi. Decime donde está que la mato.

La quiero con el alma. Si alguien le hiciera daño tendría que vérselas conmigo.

—Me dieron para que tenga Gaby. No puedo creer lo pelotudo que estoy con esta mujer.

—¿Mujer? ¿No mina? ¿Mujer? ¿Te me enamoraste cosita?

—Te juro que si te estás burlando, meto a tus hijos en el baúl del auto.

—No te la agarres con los chicos, tonto. Contame todo. Te extrañé tanto.

Le resumo como puedo, este tiempo junto a Miranda.

Me ligo un par de codazos cuando llego a las partes en que mis actos molestan su feminismo y me encuentro ante otra defensora de pobres y solitarias Mirandas. Ya con mamá era suficiente.

—Estas jodido. Te la va a hacer sufrir. ¿Cómo te ayudo?

—Abrazame. Aprovechemos que el pollerudo no mira.

*****

El fin de semana aproveché para ir a Azul. Necesitaba alejarme de Buenos Aires, sentirme en casa, con mis animales.

Me vi obligada a rechazar otra vez a Pedro, que desde la primaria está enamorado de mí y no deja pasar una sin recordármelo. Por suerte Gonzalo no anda por el pago.

Miro a mi hermano menor, que a pesar de los años juntos, ama a su esposa y lo demuestra a su manera. Me refugio en la calidez de mis sobrinos y eludo todas las veces que puedo, la mirada inquisidora de mi madre. Papá otra vez me reclama que no necesito trabajar. Me ve demacrada y eso lo altera. Insisto en mi propósito de recibirme y convertirme en un ser autónomo.

Montada en mi caballo, recorro el campo y me doy cuenta que es la primera vez que lo hago tan despacio. Necesito volver a encontrar a la Miranda Serrano que fui.

Recuerdo la conversación con mis amigos y descubro cuán en lo cierto estaba, cuando pensé que después de estar con él, ya nada podría volver a ser igual.

Extraño sus besos, su perfume, su voz en mi oreja. Extraño cada sensación que sabemos darnos. Ato mis manos en la oficina para no acariciar su piel. Me muerdo los labios para no besarlo. Jugué un juego demasiado peligroso y salí herida. Perdí. Cristina insistió en que acepte las disculpas de Santiago y le dé otra oportunidad.

Lloro como una nena y me doy cuenta que no puedo entrar en la casa en estas condiciones, por lo que me quedo acurrucada en las caballerizas un momento, hasta calmarme.

No puedo darle otra oportunidad. No encontré en su mirada el arrepentimiento, solo vi sus ganas de volver a estar conmigo. Sé que no es el mismo hombre que conocí en Febrero. Pero también sé que estoy demasiado comprometida… ¿Enamorada? Volver con él ahora, sería permitirle a futuro, repetir escenas que no estoy dispuesta a tolerar.

Desearlo no puede ser más fuerte que respetarme a mí misma.

Anoche regresé muy tarde y preparándome ahora para ir al trabajo, veo las ojeras y lo demacrado de mi cara. Intento arreglar mi aspecto, sin lograr demasiado.

Santiago detecta mi estado, ni bien entro a la oficina.

—¿Estás bien? —tuteándome.

—Sí. Buen día doctor.

—Buen día Miranda.

Nada más.

Venimos comportándonos como jefe y secretaria. Absolutamente correctos. Llevamos así un mes.

El trabajo es ahora mucho más exigente que en el verano. El frío del otoño se instaló en la ciudad, trayendo las lluvias y debilitando el sol.

Sus amantes están dejando de suplicarme que las comunique con él. Al principio las fue atendiendo y pude escuchar que se negaba a verlas. No sé si fuera de la oficina se encuentra con alguien. Santiago no es un hombre dispuesto a pasar mucho tiempo solo.

Una mañana en la que me enviaron a hacer unos trámites a Tribunales, una mujer se presentó en la oficina, sacadísima. Reclamaba ver a Santiago y la recepcionista no podía pararla. Gustavo me contó que Albarracín la tomó por un brazo y la sacó casi a la rastra del edificio. Según mi compañero, la mujer era despampanante. Los celos me estallaron a mil, sobretodo porque al no haberla visto, no pude realizar la necesaria comparación que me indicaría, cuánto más que yo, puede gustarle ella a Santiago. Esperé que alguien más me comente y me entregue algún dato sobre lo ocurrido, pero salvo Gustavo, nadie tocó el tema.

Ahora los llamados personales, son de su madre o su hermana. La última, es la más insistente. Llama todos los días.

Apago mi computadora, tomo mi cartera y por el intercomunicador me despido hasta el lunes.

Espero su saludo unos segundos, cuando detecto que está en la puerta de su despacho mirándome:

—¿Tiene planes para esta noche Miranda?

Me agarra con la guardia baja y contesto sincera:

—No.

—¿La puedo invitar a cenar?

Dudo un momento.

—Por favor —ruega muy serio.

—A las nueve en *Sergot* —contesto.

Puedo sentir que lo complace mi respuesta aceptando, pero su gesto continúa serio.

—A las nueve en *Sergot* —repite regresando a su despacho.

Sé que voy a verlo para despedirme. El lunes presentaré la renuncia que acabo de firmar.

No tiene sentido seguir torturándome y torturándolo. Lo veo contenerse cuando me mira. Finjo indiferencia cuando por dentro, tengo el corazón sostenido por delgados hilos.

En la productora todo era distinto. Carlos me acosaba y yo escapaba de él asqueada. La ruptura con Gonzalo, lejos de tristeza me trajo alivio. Con Santiago, en la oficina, huimos el uno del poder que el otro ejerce sobre nuestras propias voluntades.

Admiro su inteligencia. Es seductor y apasionado. Pero sus celos le generan dudas. Necesito un hombre seguro de sí y seguro de mí. Ya no sé si me importa tanto ganarle a su orgullo y a su pose triunfadora. Pero no puedo dejarlo aplastar el respeto que tengo por mí misma.

Entro al restaurante con el corazón palpitándome fuerte. Lo veo pararse cuando me divisa, sin hacer ningún gesto. Hermoso, atractivo. Yo vengo a despedirme.

Caminando hacia su mesa, repaso los consejos que me dieron Federico y Cristina, instándome a que reflexione:

"Es un hombre celoso y no le gusta tener que tratar con el Rosales ese, sin saber si te metió mano", me explicó Fernando.

"Si no fueras tan orgullosa, en lugar de mandarlo a la mierda, te hubieras quedado a discutir el tema con él —machacó Cristina antes de aconsejarme—: *Lo querés Miranda, escuchalo, entendelo y ayudalo a entender".*

Me siento pensando si debería haberle dado un beso en la mejilla, pero me complace no haberlo hecho. Su proximidad suele desmoronarme. Necesito estar entera.

—Buenas noches Miranda. Elegí lo que querés ordenar —tendiéndome con gentileza el menú.

Damos al camarero nuestro pedido y una vez que nos deja solos, me encara:

—Gracias por aceptar venir.

—Creí que era mejor comentarte mis planes en persona.

No pretendo intrigarlo con mi frase, pero lo hago.

—¿Tenés planes Miranda? Contame por favor.

Junto coraje aspirando todo el aire que son capaces de albergar mis pulmones. Antes de develarme, miro por última vez sus adorables ojos azules y los hilos que sostienen mi corazón, terminan de desprenderse uno por uno.

—Quiero agradecerte que conservaras tu palabra durante este tiempo y no volvieras a invadir mi privacia —cambié el discurso que claramente había elaborado camino al restaurante y ahora no sé bien cómo seguir—. Nos equivocamos —hago un gesto con la boca mientras meneo levemente mi cabeza—. Es un aprendizaje. Nos servirá a futuro.

No dice palabra. Espera que termine todo mi argumento, sin un solo movimiento que me permita detectar qué piensa.

Sigo:

—Cuando te acepté, fui sincera.

Lo miro a los ojos. Están allí, pero no puedo leerlos. No sé si está en el juzgado dando batalla a un adversario, o si su virilidad le impide mostrarme sus sentimientos.

—No soy una mujer que se deje llevar por sus instintos. Pienso mucho las cosas antes de tomar una decisión. Cuando acepto una relación, es porque primero lo analicé lo suficiente.

Por primera vez hace un gesto y asiente.

—Sin embargo con vos me apresuré y me equivoqué —algo me conmueve en él y me otorgo culpas—: No soy la mujer que puede estar con vos. Mi autoestima es alta.

Frío, privándome de cualquier gesto que me ayude a seguir. No dice una palabra, no mueve un pelo.

—No puedo continuar en el estudio. El lunes presentaré mi renuncia.

—Dijiste que cuando me aceptaste fuiste sincera —finalmente habla.

¿No lo altera saber que mi renuncia implica no volver a vernos?

—Siempre soy sincera.

—El término sincera ¿a qué hace referencia?

—No entiendo.

Vuelve a interesarse por su plato de comida y en tanto corta otro bocado, se explica:

—Digo, Miranda. Sinceridad ¿con qué? ¿Con tus ganas de acostarte conmigo? ¿De defenestrar mi hombría? ¿O hablas de sentimientos? Porque hasta ahora no escuché una sola palabra que se refiera a nuestra relación con algo de sentimiento.

—¿En todo este tiempo no te diste cuenta de lo que sentía?

—¿Sentías? —pregunta, negándome cualquier indicio sobre lo que siente él.

—Voy a irme.

—¿Quién es cabrona y jodidamente cobarde ahora Miranda? No te estoy tocando. Escucho tu discurso con toda la calma del mundo. Pero ante la primera de mis preguntas, intentás eludirla con amenazas. Soy abogado, conozco el jueguito. No a lugar señorita. Tené el valor de llegar hasta el final, con dignidad y madurez.

—Estás sentado frente a mí, haciendo gala de tu título, comiendo tranquilamente tu lomo…

—Lo de tranquilo lo imaginás vos. Como mi lomo, conteniendo las ganas acumuladas en todos estos meses, de reventarte la soberbia contra la pared. —Hace un gesto con la boca entre abierta, dejándome ver sus dientes apretados y continúa—: Pero como verás, soy maduro y me contengo.

Tiene razón. He visto la cantidad de veces que se llamó a cordura ante mis desafíos.

El camarero retira nuestros platos y nos regresa el menú para que elijamos un postre. Ambos sostenemos las cartas en nuestras manos, mirándonos a los ojos y ahora la furia que destilamos hace que el pobre empleado nos deje elegir a solas.

—Por fin Miranda ¿vas a contestarme?

—Lo que sentí o siento ya no importa. No volveremos a vernos.

—No te importará a vos. Para mí, es de suma importancia.

—¿Por qué?

—De chiquito me enseñaron que es una falta de educación extrema, contestar una pregunta con otra.

—No es una lección que usted tenga presente en los juzgados.

—No estamos ante un juez. ¿O le gustaría Miranda?

—No seas tonto.

—¿Ahora califica usted?

—Me saca de quicio tu postura de hoy.

—Bienvenida a mi mundo señorita.

El camarero aprovecha que nos quedamos en silencio y reclama su pedido. Preferimos no tomar postre y solicitamos café, antes que vuelva a dejarnos solos.

—Sigo esperando. Te aseguro que no me voy a ir… ni te voy a dejar ir, sin una respuesta.

—¿De qué te sirve mi respuesta ahora?

—Es fundamental para mí. Escuché toda tu lectura de nosotros. También tengo la mía.

—¿Cuál es?

Deja su servilleta sobre la mesa con delicadeza controlada. Levanta su mirada hacia mí evaluando si continuar esperando o largarme su alegato de una vez.

—¿Me querés o me quisiste?

Siento que si no le contesto la verdad, va a levantar la mesa con una mano y con la otra va a estampillar la pared con mi cara.

—Te quiero. Pero no voy a volver a tu lado.

Vuelvo a sentir su corazón palpitando.

—Bueno. Por fin vamos a hablar sinceramente.

Creí que se abalanzaría sobre mí cuando me oyera confesarle que lo quiero, pero el abogado está muy plantado en su silla.

—Tenías razón en enojarte conmigo como lo hiciste. Finalmente me hicieron entender cómo te sentías.

«Le hicieron entender ¿Quiénes?»

—Jamás me había topado con una mujer, que me importara más allá de mi propia satisfacción.

«¿Qué quiere decir eso?»

Los cafés están ante nosotros y comienzan a enfriarse. Necesito mirarlo muy bien a los ojos, no se me puede escapar ni el más mínimo detalle.

—Lo que para mí comenzó siendo un juego de seducción entre el gato y el ratón, terminó atrapándome. No sos la única con sentimientos Miranda.

Está dando vuelta las cosas, no soporta ser el culpable y está tratando de pasarme la culpa a mí. Egoísta de mierda, ¿ahora resulta que el sensible es él?

—Entiendo que no tengo derechos sobre vos. Elegís irte y voy a aceptar tu decisión.

Puedo vivir sin aire. Estoy reteniendo la respiración desde que empezó su discurso y me doy cuenta que puedo vivir sin aire. Pero empiezo a dudar si podré vivir sin él. En este instante lo veo tan grande, tan superior, tan... controlado.

—Pero antes de que salgas de mi vida para siempre, es necesario que lo hagas sabiendo... que lo que dije sobre mis sentimientos hacia vos en la oficina de Manuel, son nada comparados con los que tengo ahora.

No puedo creer que justo en este momento, se me esté declarando. Mi voz interior me recuerda que ya lo había hecho frente a Salerno padre.

Toma aire, por primera vez siento que flaquea y me doy cuenta de lo mucho que le cuesta decirme lo que me está diciendo.

—Te invité a cenar porque te veía muy triste y me tenías preocupado. No pensaba hablar de mis sentimientos, pero visto que será nuestra última reunión...

«¡Cierto que el lunes renuncio!»

—Te dije que no te volvería a molestar y mucho menos ahora volveré a hacerlo. Si es lo que te tiene mal, y te obliga a renunciar, despreocupate. Creo que te di claras muestras de que puedo cumplir mi palabra.

—Estoy bien —puedo responder finalmente, pero no encuentro cambios en su cara. Tal vez no fui convincente. La gata atenta, me grita que me lo coma a besos—. ¿Para qué me querés a tu lado Santiago?

Lo sorprendo y comprendo que calcula su respuesta. Ya una vez lo dejé plantado en un restaurante y esta es nuestra última cena. El alma duele, lo juro.

—Quisiera poder responderte que te quiero a mi lado en la oficina, como antes.

Hace una pausa. Piensa tomándose tiempo antes de continuar. Sé que mi renuncia lo sorprendió. Está reordenando sus sentimientos, seguramente hasta pergeñando una nueva estrategia. Finalmente resuelve:

—La verdad Miranda es que no voy a resignarme con eso. No se trata de ganar o perder, se trata de lo que se puede y lo que no. —Hace otra pausa interminable—: Lo que realmente quiero… es volver a tenerte conmigo, apretarte muy fuerte en mi pecho, y no volver a soltarte en toda mi vida. Como no puede ser así, es mejor despedirnos ahora.

No puedo moverme de mi silla. Estoy petrificada. Él tampoco lo hace, pero en sus ojos veo miles de cambios. ¿Cómo le hice eso?

—Tomás nuestra historia como un aprendizaje. No sé si puedo verlo de la misma manera. Te aplaudo Miranda, sos más sana y madura que yo.

Llama al camarero y pide la cuenta. Me está diciendo que me quiere y sin perder un ápice de su dignidad, va a renunciar a mí.

—Notificaré a Manuel tu decisión de dejar el estudio, el lunes a primera hora. No saldré de mi oficina, de manera que no te vas a topar conmigo cuando lo hagas.

Se para y veo su imperiosa necesidad de controlarse para alejarse de mí. En cambio yo, estoy como una tonta deseando que vuelva a sentarse para encontrar la manera de revertir todo esto.

Nunca admiré a un hombre, como lo admiro a él en este instante. Dejó de lado toda su vanidad y me abrió su corazón, sin mostrarse débil en ningún momento. El mujeriego y ganador Santiago Albarracín, acaba de confesarme, que sufriría viéndome todos los días a su alcance, sin poder tenerme, y en lugar de acudir a su orgullo, para reconquistarme, me deja ir. ¡No lo puedo creer! Renuncia a mí, respetando mi decisión, ¿por mi bien? Pude ver en sus ojos la sinceridad de sus palabras. Y ahora se va y vuelvo a perderlo cuando más lo quiero. Cuando soy capaz de dejar que me reviente la cabeza dura que tengo contra la pared. Si no lo hace él, lo haré yo misma.

«Tarada —me grito—, gata Flora».

Estamos en la calle frente a frente, separados por casi un metro de distancia. Hace frío y me arropo con mis brazos para calentarme no solo el cuerpo, sino también el alma. Si tan solo se acercara, podría hacer cincuenta grados bajo cero, que seguro yo ardería.

Lo perdí. No sé cómo despedirme de él sin largarme a llorar en sus brazos. Pero tampoco sé cómo volver atrás la situación. Perdida por perdida, intento:

—Santiago sé lo difícil que fue para vos, sentarte a decirme todo lo que dijiste. No creas que esta despedida sea fácil para mí tampoco…

Estoy a punto de encontrar las palabras adecuadas para demostrarle que las cosas cambiaron. Que finalmente vi en sus ojos, lo que busqué todo este tiempo. Que ahora le creo que es sincero y que no me considera una más de sus conquistas. Que me doy cuenta lo mucho que le cuesta mantener la situación, cuando ante otra mujer estaría recurriendo a todos sus encantos para derretirla hasta que el aburrimiento lo hiciera dejarla. Que entiendo que es celoso y que por eso obró como lo hizo. Cuando un hombre de unos cuarenta años más o menos, me lanza una mirada ardiente al pasar a mi lado, sin darse cuenta que Santiago está aquí.

Toda la bronca que tiene encerrada dentro, sale disparada contra el tipo. Lo toma de la solapa y lo empuja contra la pared, amenazante:

—Guardate la baba o te la hago tragar —le gruñe.

El hombre levanta las manos en señal de "cero agresión", disculpándose. No lo culpo, mi Santiago tiene brazos de acero. Pude comprobarlo en el ascensor, con nuestro primer beso.

Me acerco a él por detrás, y lo abrazo por la cintura. Suelta al tipo, pero yo no lo suelto a él. La temperatura regresó a mi cuerpo.

Respira agitado, molesto, sorprendido. Mira al hombre avergonzado:

—Perdón.

El tipo se va sin mirarlo. Santiago sigue agitado. Yo no lo suelto. Giro a su alrededor. Lo tengo atrapado por su cintura entre mis brazos. Frente a frente. Gracias a Dios vine con tacos, pero su boca está muy alta.

—Perdoname, no tengo derecho. Me saca como te miran los hombres Miranda. Estoy bien, ya me tranquilicé. Podés soltarme.

—No quiero.

—Estoy tranquilo, te lo aseguro —dice sin comprender y bajando su mirada para verme.

—¿No entiende el castellano doctor?

Retiene la respiración y tengo miedo que se muera. De manera que le estampo un beso invasivo, posesivo, apasionado, para brindarle todo el aliento del que puedo ser capaz.

Se me derrite y al segundo es otra vez mi Santiago Albarracín, masculino, viril, dueño de sí mismo, abrazándome, besándome y excitándose ante mi cercanía.

Me toma del brazo y casi dejo olvidado el resto de mi cuerpo en la vereda, mientras me sube a su auto y entre caricias, llegamos a su departamento.

Nos despojamos de las ropas con la misma ansiedad que en mi casa. Salto para quedar a upa de él, agarrándome fuerte con las piernas, a sus caderas. Con una mano me sostiene y apoya la otra en la pared para que no me haga daño. No tengo escapatoria. Tampoco la quiero. Estar en sus brazos, con todo su deseo palpitando pegado a mí, es la gloria, después de haber creído que me moría en la puerta del restaurante. Sus besos me adoran y los míos lo acaparan. Mi cuerpo lo pide a gritos. Su ansiedad no le impide cuidar, cada detalle que nos permita sentirnos y gozarnos, antes de estar dentro de mí. Hacemos el amor otra vez sin llegar a la cama.

Soy tan feliz que lloro como una nena. No puedo evitar sentirme siempre plena luego de hacer el amor con él. Es tan masculino, tan posesivo y tan dulce al mismo tiempo, que desata mi leona con desparpajo, sin ningún reparo. Me seca las lágrimas con sus labios.

—Te extrañé tanto —suspira en mi oído, mientras otra vez me lleva en andas, pero ahora a su cama.

Se nos está haciendo costumbre, eso de que no pueda recorrer sobre mis pies esos trayectos.

—También me moría por tenerte otra vez así, pegado a mí, sintiéndote —confieso.

—¿Por qué no lo dijiste?

El tono de su pregunta me deja en claro cuánto me deseó todo el tiempo.

—Porque no habías dicho las palabras correctas.

—Por lo visto, hoy las dije.

Nos reímos y le confirmo—: Si, hoy las dijiste.

—Por favor, para dejar asentado en autos, ¿cuáles fueron esas palabras?

—Todas. Hoy abriste ante mí, tu corazón.

—Mi corazón es tuyo Miranda. Hacele decir lo que quieras.

Capítulo 10

Lo quiero tanto, que me ahogo en su pecho, beso cada centímetro de su piel, y me adueño de él, amándolo hasta quedarnos dormidos.

Por segunda vez me despierto junto a Santiago, y ahora estoy segura que se nos hará costumbre.

Duerme y sin embargo aún dormido, puedo ver claramente que su mente está conmigo. Pasamos la noche abrazados. Su brazo derecho pasa bajo mi cuello y me retiene por el hombro. Su mano izquierda está en mi cintura. Duerme, pero por momentos me acaricia, como intentando asegurarse que sigo aquí. Estamos desnudos, siento su piel contra la mía y mis pechos se yerguen, despertándolo.

—Buen día Miranda. —Nos separa para asegurarse que realmente estoy excitada y se corrige.

—Muy buen día. ¡Qué grata sorpresa!

Me ruborizo un poco, no lo niego. Pero la respuesta inmediata de su cuerpo, hace que patee mi estupidez, para dar ingreso a la leona.

Volvemos a amarnos y todavía no me lavé los dientes. Creo que no podremos estar juntos sin excitarnos. Junto coraje, me desprendo de él y desnuda me dispongo a preparar el desayuno. Gracias a Dios que estamos en su casa, en la mía vive demasiada gente.

Me sigue, acercándome los elementos necesarios para preparar café y consumir algo sólido.

—¿Cómo podés tener un cuerpo tan perfecto Miranda?

Le hago una mueca agradecida y contesto:

—Es el accesorio especial para complacer Santiagos Albarracines.

—No. Santiagos Albarracines, no. Para complacer a Santiago Albarracín, en singular. Solo a mí Miranda. Solo vos y yo —reclama abrazándome, pegándome a su pelvis, mirándome serio a los ojos.

—Solo vos y yo —lo tranquilizo—. Sos muy celoso. Tenés autoestima alta, no entiendo por qué sos tan inseguro.

—No es inseguridad. Sé lo que provoca verte. Sé lo imposible que es estar cerca tuyo sin tocarte. Lo vivo en carne propia Miranda.

Pienso en el pobre Carlos Lombardo de la productora. Lo creía un viejo verde y finalmente resulta que era mi culpa.

—¿Qué te provoco Santiago?

—Me estallás. Te veo y no puedo sacar mi mirada de vos. Necesito tocarte, sentirte, hacerte mía. No puedo parar, no puedo controlarme.

Y sí. Me siento en su regazo. Se merece unos mimos mientras me cuenta.

—Cuando apareciste en el ascensor del edificio, me morí. Veía al minón infernal pasearse por el despacho desafiándome, y me sentía un perro atado y hambriento. Cuando mandaste el mail del acuerdo de Rosales, di gracias a Dios que estuvieras en tu casa y pudiera calmar mi deseo de matarte en el trayecto.

—Me mataste en el ascensor de mi casa esa noche —le digo, para que corrija sus palabras.

Se ríe y me besa antes de continuar:

—No soportaba tu aire superado. Eras difícil de seducir señorita Serrano. Todo era toparme contra tus paredes. Rosales, Gustavo, Martínez y cada hombre que entraba al despacho, eran víctimas de mi furia.

—Bueno… algunos de ellos también me enfurecían.

Hace un gesto de intriga, pero sigue—: Cuando por fin te tuve, me sentí desorientado. Sos tanta mujer Miranda.

Me encierra entre sus brazos, fuerte y posesivo, para tranquilizarse. Para entender que ya todo pasó y ahora estoy con él, en su casa, en sus brazos. Respira hondo borrando los recuerdos que sé, lo torturan.

Es mi turno—: Cronológicamente hablando, el día que te conocí, en el ascensor, te desafié. Necesitaba salir de tu influjo. Tus ojos azules me encandilaron y despertaron una gata que no sabía que tenía conmigo.

Se mueve un poco debajo de mí, como adorando a esa gata.

—Saber que eras mi jefe, me llamó a cordura. Pero era muy difícil mantenerme, teniéndote tan cerca. ¿Sabe doctor? Usted es tremendamente atractivo.

Beso su vanidosa ceja arqueada que me muestra lo que es mío, mientras su mano recorre mi espalda.

—No quería ser tan débil y evidente ante tus ojos vanidosos, y me vi obligada a buscar en el recuerdo, cómo me defendía de mis compañeros en la secundaria.

No le gusta nada la imagen que le inyecto en su mente. Lo beso suave y despacito en los labios, para calmarlo. Mi doctor es muy sensible ante esas visiones.

—Debo reconocerle que es astuto, más de una vez me tomó desprevenida. Tal vez por su astucia es que estamos aquí ahora.

—Se ha invertido suficiente dinero en mi educación, para evitar que fuera un tonto.

—Dinero muy bien invertido.

*****

Entramos juntos de la mano al estudio. Pasamos todo el fin de semana pegados, solo fuimos a su departamento a buscar ropa para venir a la oficina. Finalmente Federico era su amigo gay. Le beso la mano y la deposito en su escritorio:

—Buen día Miranda, acomódese tranquila que la espero en mi despacho.

—Buen día doctor. Permítame encender la computadora y le llevo un café. No sé por qué tengo la impresión de que hoy no ha desayunado bien.

Su cara es pícara cuando hace referencia a que nos fue imposible ingerir bocado. Teníamos apetitos de otro calibre.

—Se equivoca Miranda, desayuné un sustancioso y delicioso bocado en la mañana. Espero volver a sentirme tan satisfecho al mediodía, a la hora de la merienda y por supuesto en la cena. La cena para mí es el alimento más importante del día.

Franco llega con una pila de folletos turísticos en la mano—: Buen día Miranda. Santiago, mirá, traje folletos de Ibiza y las islas griegas para las vacaciones de este verano. ¿Qué te tienta?

—La nieve. A partir de ahora mis veranos los pasaré en cualquier lugar donde haga mucho frío.

«En cualquier lugar donde no tenga que andar mostrando su cuerpo en mayas diminutas, a cuanto baboso ande suelto».

Miranda se ríe y Franco no entiende nada.

Beso a mi hermosísima novia en la boca ante las cámaras y ante Franco. Después de todo es mi amigo, no puedo no contarle. Del inquisidor me ocupo en cuanto prendo mi computadora:

-.-

Para: Doctor Manuel Salerno
De: Doctor Santiago Albarracín
Asunto: Sacame las cámaras de mi despacho...

...O te hago un juicio

Estudio Jurídico Salerno
Doctor Santiago Albarracín
Abogado adjunto

-.-

Para: Doctor Santiago Albarracín
De: Doctor Manuel Salerno
Asunto: Re: Sacame las cámaras de mi despacho...

¡Por fin Santiago! Ya me tenían preocupado.
Tratá de contenerte y remitir todo tu... en fin... TODO, a la privacia de tu despacho.
Saco las cámaras de ahí, pero las dejo en el ingreso a la oficina de Miranda.
No me alboroten el gallinero o los pongo de patitas en la calle a los dos.
¡FELICIDADES!

Estudio Jurídico Salerno
Doctor Manuel Salerno
Abogado — Director

-.-

Llamo a mi deseada secretaria a mi despacho y le muestro los mails.

Se sienta en mis rodillas. Nos reímos juntos haciéndole un saludo a la cámara de Manuel y nos besamos con ganas, antes de dar comienzo al trabajo de la semana.

Además de una pareja, somos profesionales responsables.

Capítulo 11

La veo dormida a mi lado y el aire entra en mis pulmones, llenándome de frescura. Su piel es tersa, suave, su figura infartante me excita como nada lo había hecho antes. Miranda es ardiente, generosa y muy receptiva. Su cuerpo con el mío se conocen y encastran con perfección.

Con ella me siento querido, cuidado y muy complacido. A veces tengo miedo de evidenciar demasiado ante los demás, lo afortunado que soy. No sea cosa que a un tarado envidioso, se le ocurra meterse en el medio.

Se mueve, está a punto de despertarse. Sus ojos verdes con rayitas marrones buscan los míos ni bien se abren y su trompita rosada y dormilona, sonríe.

—Estoy acá princesa —digo, mientras lleno de besos su cara y su boca. No puedo dejar de hacerlo, la tentación es inmensa. Estamos despiertos ella, yo, su cuerpo y el mío.

Creo que el mío, cuando estoy a su lado, está despierto siempre.

—Buen día doctor. ¿Descansó?

—Bueno… si tomamos en cuenta que la tercera parte de la noche me la pasé acosado por una rubia infartante… —digo, a sabiendas de lo que le gustan mis elogios.

—Deberá manejar mejor su agenda de sueño —recomienda cuando ya está arriba mío y puedo sentirla pegada a mí. Tiene un despertar ¡tan lindo!

—¿Insinúa usted que mi secretaria no maneja bien mi agenda?

—Insinúo que su secretaria, pretende acapararlo doctor. Tendrá que tomar serias medidas respecto a eso.

La abrazo para atraer todo su cuerpo hacia el mío. Estoy muy excitado por su contacto y sus dulces palabras. Hacemos el amor a manera de desayuno.

Voy a tener que comenzar a tomar algún complejo vitamínico para poder seguirle el ritmo.

—Santiago, en la noche no nos vemos —dice envuelta en mi toallón, buscando su ropa de secretaria.

—¿Por qué? —puchereo para que cambie de opinión.

—Voy a cenar en casa, con Federico y Cristina. Los tengo abandonados desde que cierto abogado sexópata, me tendió sus redes.

—¿Abogado sexópata?

—No se haga el desentendido —señala.

—Hasta ahora voy sumando calificativos. Tengo: "cabrón, jodidamente cobarde y ahora sexópata" —digo recordándole sus propias palabras.

—No te hagas. Te mereciste cada uno de esos términos, en cada uno de sus momentos.

Tiene razón. Fui muy cabrón en cada desafío al que la arrastré, jodidamente cobarde cuando me escudé tras un mail en lugar de enfrentarla cara a cara. Y ahora, junto a ella, soy un vicioso adicto a su cuerpo. Me mata su cuerpo bien formado. Sus pechos en punta, su culito redondo, su boca en trompita con labios carnosos. Excitadísimo, le saco la ropa de las manos, la llevo hasta la cama, y juntos arruinamos la ducha que se acaba de dar. Me hago cargo de lo que generé, la llevo conmigo a la bañera, y cuando el agua toma temperatura, comienzo a reparar con la esponja empapada en gel, cada gota de sudor, cada resto de nuestra pasión. Tengo que repetir mi trabajo, porque ahora es ella la empecinada en destruir mis logros.

Vengo temprano a trabajar porque sigo con ella. Llevo un mes a su lado y estoy en la gloria. Salvo el pequeño inconveniente, de que Miranda es un minón infernal, incapaz de pasar desapercibido aunque se tape con una manta, todo está de primera.

«Mmmm, Miranda desnuda y tapadita solo por una manta. En la playa, por la noche, con el ruido del mar y saborcito a salitre en su piel».

Debo corregir este otro problema. No puede ser que cada dos segundos, me desconcentre imaginándola o recordándola. Tengo que ocuparme de la cuenta de Murray.

Abro un mail:

-.-
Para: Miranda Serrano
De: Doctor Santiago Albarracín
Asunto: Solo una manta

Acabo de imaginarte en la playa, de noche, desnudita y con solo una manta puesta.
Olvidate de Cristina y Federico y nos damos una escapada a la playa ¿dale?

Estudio Jurídico Salerno
Doctor Santiago Albarracín
Abogado Adjunto
-.-

La respuesta solo tarda segundos. El correo anda perfecto.

-.-
Para: Doctor Santiago Albarracín
De: Miranda Serrano
Asunto: Re: Solo una manta

No puedo tomar en cuenta la propuesta. Entiendo perfectamente los términos en que yo debería presentarme ante la misma. Pero no recibí información de cuáles serían los suyos.
Haga el favor de ser más claro y calificar de confidencial el asunto, no olvide que en estos temas de "estado", hay ojos espías observando.

Estudio Jurídico Salerno
Miranda Serrano
Secretaria
-.-

¡Dios! Jamás me apaga los ratones, siempre los alimenta.

-.-
Para: Miranda Serrano
De: Doctor Santiago Albarracín
Asunto: Re: Solo una manta. MANUEL ESTO ES CONFIDENCIAL

Para estar seguro de que usted no pueda reusar mi propuesta, dejo a su entera imaginación mis "términos" (Siempre termino con vos princesa).

Estudio Jurídico Salerno
Doctor Santiago Albarracín
Abogado Adjunto

-.-
Para: Doctor Santiago Albarracín
De: Miranda Serrano
Asunto: Re: Solo una manta. MANUEL ESTO ES CONFIDENCIAL

Paso su propuesta a legales. Le advierto que el sector, se toma no menos de 48 horas para la revisión.
En caso de ser aprobada, le sugiero realizarla el fin de semana en Uruguay. Conozco un hacendado de Azul, que posee una casa sobre la playa.

Estudio Jurídico Salerno
Miranda Serrano
Secretaria
-.-

Tiro el sillón de mi escritorio hacia atrás para pararme rápidamente y estar junto a ella en menos de un segundo. Me está esperando, cruzada de piernas, su codo apoyado sobre el escritorio, la cabeza inclinada sobre él y una sonrisa sugerente y ardiente. La paro de inmediato y la pego a mí, para besarla con ganas.

«Mierda, las putas cámaras».

—Doctor, le ruego que temple su comportamiento. No estamos solos —dice señalando las cámaras de seguridad que Manuel hizo instalar.

—En la playa… todo un fin de semana, vos y yo solos. Compro y le pongo moño.

Se ríe. Su risa me atonta. Soy nada cuando ella se ríe.

—Ok. Este fin de semana. Voy a llamar para que nos preparen todo. Pero a la noche, voy a "vivir" con mis amigos.

«La mato».

—Miranda, no jodas.

—Tranquilo doctor, solo voy a cenar con ellos. Si hace un mes que solo vivo si te siento.

Me mata. Esta mujer me mata. Regreso a mi despacho con los ratones desparramados y mi deseo de amarla sobre su escritorio, insatisfecho. Algún día voy a desconectar las cámaras y me voy a sacar las ganas de esa fantasía.

Dijo un mes. ¡Es cierto!, mañana cumplimos un mes juntos. Menos mal que me lo recordó. No retengo jamás esas fechas. Caigo en la cuenta que jamás necesité recordar ninguna. No llegué a ese punto nunca.

—Salgo un momento Miranda.

Tengo que esperar hasta el fin de semana para cumplir la fantasía en la playa. Desconozco cuánto tiempo me lleve entender de electrónica, para satisfacer la del escritorio, pero ahora voy a comprarle un regalo a mi adorada secretaria.

*****

Cristina y Federico reclamaron un poco de mi tiempo. Desde que Santiago y yo estamos juntos, casi ni los veo. Generalmente regreso muy tarde, o directamente paso la noche en su departamento.

—Somos amigas Miranda. Entiendo que se quieran con locura, pero no podés abandonarnos de esta manera. Ya no tenés tiempo para tomarnos un café y contarnos nuestras cosas.

Cristina tiene razón, lo reconozco.

—Además Diosa, un poco de lejanía les va a hacer bien. Están pegoteados todo el día.

Federico también tiene razón.

—Ok, entiendo, no soy tan dura. Les prometo firmemente que voy a organizarme para tener una noche a la semana, exclusiva para ustedes. Pero nada de jodas, mi doctor es muy celoso.

—No le vendría mal celarte un poco, estás hecha una boba con él.

Con la mano de mi amigo entre las mías, le doy un mimo y me dispongo a aclararle—: No pasa por ahí Federico. Pasa porque sé lo que sufre con eso, y de verdad, no necesito que ningún celo me demuestre nada. No voy a lastimarlo.

—Tanto romanticismo va a terminar conmigo. Ya parecen homosexuales.

Nos reímos los tres. Federico tiene ese poder sobre nosotras, siempre nos hace reír. Mucho más cuando se ridiculiza a él mismo. Tantas veces tuvimos que frenar su ira ante los celos que le carcomían la cabeza, por alguna pareja ligera de cascos.

—Mañana cumplimos un mes.

—¿Qué tienen planeado? ¿Qué le vas a regalar?

—La verdad Cristina, es que no planeamos nada. Tampoco voy a comprarle nada.

—¿Qué le pasó al romanticismo nena? —Federico se ríe de mí.

—Es que no sé si tiene en cuenta esas cosas. Un mes no es un aniversario tan importante. Además no está acostumbrado al papel de novio.

—A lo que no está acostumbrado, es a tener al lado una mina como vos.

—Si te escucha llamándome por ese calificativo, te acogota. Desconozco cómo le va esa idea de verse un mes completo con alguien, pensé que lo mejor era prepararle una cena romántica, con velas…

—Cristina ¿entendiste? Mañana tenemos que dormir afuera.

Rodeo a mis amigos abrazándolos.

—¿No se enojan verdad? Es solo por mañana. No puedo sorprenderlo como quiero si tenemos que cenar en su casa.

—Bueno…, puedo preguntarle a Pablo si me recibe mañana. ¿Vos qué vas a hacer Federico?

—Supongo que no puedo ir con vos y Pablo ¿verdad? —Federico y sus bromas—. No hay problema Miranda, yo me arreglo, disfrutá de tu noche como te dé la gana.

Los quiero un montón. Somos incondicionales los tres.

—Me olvidé de decirte que ayer llamó tu padre —comunica Cristina— Dice que está cansado de llamarte y no encontrarte nunca. Que si en ese trabajo te explotan, que renuncies. Que no se puede estudiar y trabajar de sol a sol, cuando te están dando dos pesos con cincuenta y él bien puede hacerse cargo de todos tus gastos…

—No sigas Cristina, puedo imaginarme todo el resto. ¿Le dijiste que me llame al celular?

—Sí. Pero creo que te llama a casa, para controlarte mejor.

Resoplo resignada. Siempre es así con mi padre.

—¿Le contaste que estás de novia? —pregunta Federico.

Niego con la cabeza.

—Te conviene llamarlo querida —aconseja mi amiga—, ya sabés que si no lo hacés y te aguantás la sarta de condiciones que piensa echarte, en menos que canta un gallo, tenés acá a tu dulce madre, cargada con artillería pesada.

Tiene razón. Nos conoce desde siempre y sabe con los bueyes que aro. Me tiro en el sillón buscando fuerzas para enfrentar a Don Serrano.

—Hola papá… Ocupadísima entre la facultad y el trabajo… No, no me pagan miserias, lo que pasa es que como vos estás acostumbrado a bañarte en dólares de soja y vacas, perdés la noción de los sueldos de mortales como yo… No pierdo el tiempo papá, y en la facultad tengo todo bajo control… No me hables de Gonzalo —otra vez la cantinela—, no me interesa su vida. Gonzalo quedó atrás…

Es un tirano. Quiere manejarnos a todos a su antojo. Un retrógrado que se niega a confiar en nosotros. Ni pienso hablarle de Santiago. Él vive intentando que yo regrese con Gonzalo y si sabe de mi relación, pondrá tantas piedras en el camino, que el ejercicio de esquivarlas, terminará con la poca relación padre-hija, que aún, milagrosamente, tenemos.

—¿Serías tan amable de dejarme vivir mi vida?... Sos insoportable papá. Cuando entiendas que soy una mujer, que tengo derecho a tomar mis propias decisiones y hacer con mi vida lo que se me dé la gana sin consultarte, volveremos a hablar…

No descanso bien cuando estoy sin él. No tiene nada que ver con la charla con mi padre, es su calor lo que añoro. Es cierto que dormimos poco, por lo general estamos uno arriba del otro, o a upa del otro, o…, lo real es que lo poco que logro dormir a su lado, es absolutamente relajante y reparador. No haber estado con él ayer, se me nota hoy.

Abro la puerta de ingreso a mi oficina y quedo con la boca abierta. Junto a mi computadora un gran ramo de rosas rojas y una tarjeta:

"Hace un mes que soy el hombre más afortunado del mundo.

Tu doctor Santiago Albarracín".

Tengo la tarjeta entre las manos que me tiemblan. Finalmente sí sabe ser romántico. Levanto la mirada a su despacho, y ahí está, con esa pose recostado en el marco de la puerta, las manos en los bolsillos, sus ojos azules esperando ver si me gustó o no el regalo y la boca entreabierta. Aprovecho. Me lanzo sobre él y le estampo un beso agradecido.

Antes de que Manuel Salerno se decida a bajar para llamarnos otra vez la atención, pongo un puchero grande que no entiende.

—¿Qué pasa? Pensé que te habían gustado.

—Me encantaron.

—¿Entonces?

Con mi mejor cara pícara le explico—: Es que… pensé que tal vez, tu primer regalo… fuera una bolsita… como la del cumple de Luciana.

Se ríe con ganas.

—Para la próxima. Te prometo —pero algo extraño descubro en su respuesta.

Es genial trabajar con él ahora que estamos juntos. No voy a negar que ya nos hemos ganado un par de advertencias de Salerno padre, pero como nuestro trabajo es perfecto, todo queda en advertencias. Aparte ya nos dijo lo contento que está de vernos juntos.

—Buen día a la novia de mi amigo y colega, que ni en pedo miro, ni tengo la menor idea de que hoy se vino en pantalones y sweater, que para nada le quedan más que bien.

Franco siempre hace lo mismo. Entra tapándose los ojos y se divierte con esas bromas a Santiago.

—Pasá idiota que ya te surto —responde mi celoso Albarracín, y yo termino subiendo los ojos al techo.

El intercomunicador me trae la voz de mí querido jefe:

—Miranda ¿podés venir por favor?

Entro y me hace señas para que me siente en sus rodillas.

—¿Cómo lo festejamos? —pregunta— ¿De qué tenés ganas?

—Bueno… Yo tengo preparadas un par de sorpresitas.

—Muero por conocerlas.

Sus ojos azules se achican un poquito para mirarme de esa forma lasciva. Lo tengo intrigado.

—En principio, una cena con velas en mi casa.

—¿Podemos convertirla en almuerzo? La ansiedad me mata —dice casi rogando y prometiéndome al mismo tiempo.

¿Cómo lo hace?

—De ninguna manera, dije cena, no almuerzo.

—Ok mandona. ¿Y qué otra sorpresita?

—Doctor —digo, levantándome y poniendo un poco de distancia—, dije cena y dije sorpresas. No pienso develarlas a las nueve y treinta de la mañana. Aguántese. ¿Precisa algo más?

—Sí, pero mejor me lo guardo. Por el humor que trae mi secretaria, parece que anoche no fue bien atendida.

Tengo dos alternativas, matar su orgullosa vanidad, seguramente agrandada por mi culpa, o darle un beso antes de irme. Elijo el beso, y regreso a mi escritorio.

—Miranda hay que pasar por las oficinas de Martínez a retirar unos requerimientos y dejarle los poderes legalizados. ¿Podés ir vos? —Franco solicita de mí, lo que cualquier jefe a su secretaria.

—Por supuesto. ¿Ahora o en el almuerzo?

—Cuando puedas, siempre que sea hoy. Necesita los poderes para usarlos mañana.

—Lo hago cuando salgo a almorzar, si te parece.

Paso el parte a mi jefe. Se molesta cuando no sabe dónde estoy.

—Santiago, al mediodía voy a llevar unas cosas a la oficina de un cliente. Si querés traigo algo al regreso y comemos en la sala de reuniones.

—Ok —contesta, pero de repente algo le viene a la mente— ¿Qué cliente?

—Martínez.

—Vamos a llevarle juntos lo que sea, y después almorzamos acá.

Desde luego. No voy a contrariarlo. No le cae bien Martínez. No desde que me sacó a bailar en el cumpleaños de Salerno.

Sé cómo van a ser las cosas. Ni bien lleguemos a la oficina de Martínez, comenzará a tensarse y lo disimulará poniendo su cara seria de abogado profesional. Se quedará en planta baja esperándome. Si tardo demasiado llegarán los mensajitos de texto con su típico estilo:

"¿Subo?"

"Avisame cualquier problema"

"Apurate"

"¿Martínez está o no está?"

No me equivoco en lo más mínimo. Todo sucede como lo imaginé. Con cualquier otro hombre, una actitud de esas, se hubiera ganado mi rechazo. Pero Santiago sufre, sé cuánto sufre, y sin embargo no me reprocha, no me coarta. Necesita estar cerca, por si fuera necesario embocarle una trompada a alguien, y esperando eso, reclama con mensajitos, para estar informado si tiene que sacar los guantes, o si los mantiene colgados. Me provoca risa su forma de ser.

Cinco de la tarde, el trabajo del día fue resuelto. La despedida con Santiago se prolonga un poco en la oficina. Tenemos que darnos un pequeño adelanto de los festejos, en su despacho ahora que gracias a Salerno, está libre de cámaras. Él insiste que hasta que no lo hagamos en mi escritorio, no estará tranquilo. ¡Se le ocurre cada locura!

Llego a casa apurada, con mi hermoso ramo de rosas rojas. Federico a punto de salir me ataja:

—Te llegó una caja enorme. Tu novio parece que sí es romántico. La caja y ese ramo son mucho crédito.

—Morite de envidia nene —digo para despedirlo con un beso.

Una caja roja, con un moño de seda gigante, me espera sobre la mesa del comedor. Leo la tarjeta primero:

"Hace mucho que quería comprarte esto.

No hagas trampa.

Abrí primero el número uno y

después el dos.

Te deseo con locura

Santiago"

Estoy intrigadísima. Deshago el moño, abro la tapa y encuentro dos bolsas de lencería. No hago trampa, sigo sus indicaciones. Soy una buena chica.

La primera tiene otra tarjetita:

"Solo conmigo"

Abro el paquete y algo en encajes y color rojo furioso, que podría llamarse camisón si no fuera por lo pequeño de su tamaño, me encanta.

«¡Me compró lencería! Y yo que le hice puchero».

Suponía que en el departamento solo estaba yo, pero sin embargo creo ver a la gata, la leona y los ratones, relamiéndose.

Voy por el segundo paquete y la segunda tarjeta:

"Cuando no estés conmigo"

Dentro de la otra bolsa, lógicamente, me encuentro con un pijama de algodón grueso, con florcitas *liberty*, que seguro me cubre de los pies a la cabeza y que ni mi abuela usaría.

Me río con ganas. No estoy muy segura que haya sido una broma, pero prefiero tomármelo así. Después de todo, tal vez estrene su regalo en lugar del que tenía pensado para la noche.

Pongo en el horno, la cena que planeé con detalle. En la heladera ya tengo listo el tiramisú de postre. Perfumo con velas aromáticas, armo la mesa con candelabros, copas, vajilla fina y me voy a bañar.

Bajo la ducha siento mi piel reclamándolo. Me seco con cuidado, recurro a mis cremas, secador de pelo, perfume, un toque imperceptible de maquillaje y me calzo el hermoso y sugerente camisón rojo que me regaló.

Selecciono para escuchar, *Never let me go,* de *Florence and the Machine*, que suena suave, generando clima y puntualmente a las nueve, Santiago toca el timbre de mi puerta. Le abro iluminada por la luz del pasillo y el reflejo de las velas del interior de mi departamento.

—¡Guau! —suspira con voz ronca. Queda petrificado, no me besó aún y tengo miedo que caiga en *shock*.

— Hola cielo —le digo para ver si responde.

—Estas infartante Miranda. Entremos antes de que te vea alguien más.

Le encanta lo que ofrezco a sus ojos, y mi leona ruge dentro de mí, sin percatarse de su última sugerencia.

Cierra la puerta tras de sí, para besarme apasionadamente. Nos separa un poco para verme, tomando una de mis manos, y haciéndome girar lentamente para observarme con más calma.

—También me alegro de verlo doctor. Deje su abrigo sobre el sillón. Voy a revisar la cena.

Se apura a dejarlo, se quita el sweater, y puedo ver que trajo una preciosa camisa escocesa en tonos claros y un jean apretadito.

«Este hombre no existe».

Soy interrumpida constantemente por besos y caricias insinuantes, mientras intento llevar a la mesa lo que pretendo sea un banquete para festejar nuestro primer mes juntos. Mi regalo soy yo y lo que preparé para agasajarlo.

—No tenía idea si te acordarías de la fecha. Por eso pensé armar esto para nosotros.

Deja los cubiertos sobre el plato, y me clava la mirada—: Soy malo para las fechas Miranda, pero hace un mes que el corazón no me entra en el pecho.

«Me lo como a besos».

No puedo resistir más, sé que tengo un tiramisú especialmente hecho para él, pero no puedo aguantarme. Me levanto como rayo de la silla para sentarme en sus rodillas, besándolo, ahogándolo. Ya no sé si soy paloma, gata o leona.

Me cambia de posición para dejarme a horcajadas de él. Todo nos indica que estamos listos. Otra vez, y como de costumbre, no llegamos a la cama. Está dicho que jamás tendremos el primer tiempo en ella.

Su regalo duró poco, lo rompió de un tirón. Fui más cuidadosa con su ropa. Se la quité despacito mientras él recorría a besos la parte de mi cuerpo que quedaba a su alcance. Me encanta ir de a poco, tentándolo y tentándome. Es un amante increíble. Me lleva al clímax con solo mirarme. Termino siempre rendida en su abrazo.

—¿Le parece que podemos pasar al postre?

—Sí, creo que puedo seguir comiéndomela ahora mismo —asegura mientras su lengua no se aparta de mi escote.

—Lo sé doctor, también yo. Pero preparé tiramisú, no querrá despreciármelo.

—Nada, no quiero despreciar nada de esta noche.

Así es, y así soy con él. Me pregunto cuánto de esto será verdad y cuánto tiempo durará. Es sumamente perceptivo, me adivina rápido:

—Quiero que sea así siempre Miranda. Siempre.

—También yo cielo.

Pero ninguno de los dos nos animamos a mencionar la palabra amor.

Capítulo 12

Volvemos en el último vuelo del domingo. El poco tiempo que dura trasladarnos de Uruguay a Buenos Aires, caemos rendidos de cansancio.

No es necesario agregar nada a nuestro contacto. Nos entendemos a la perfección, pero el cambio de ambiente fue divertido. Hacía muchos años que Santiago no pasaba por Punta y me llevó a recorrer sus sitios preferidos. Yo también le mostré los míos y sentí que me moría de vergüenza cuando me hizo el amor en el baño del bar, donde me juntaba con mis amigas para hacer la previa, antes de ir a un boliche.

Es maravilloso cumplirle las fantasías. La de la playa fue alucinante. Nos vimos obligados a llevarla a cabo cuando todavía el sol iluminaba. El frío de esta época del año se nota y la manta no abrigaba tanto a orillas del mar.

Nos pasamos toda la semana recordando pequeños momentos atesorados en tal solo dos días. Es viernes, hoy nos quedaremos en mi casa, tengo que preparar el final.

Quiero llegar rápido para volver a verlo, hoy casi no estuvo en la oficina.

Entro a mi departamento y el frío me recorre la espalda. Sentados a la mesa del comedor, están mis amigos tratando de entretener a Delfina Ledesma de Serrano, mi madre, que al verme se para de inmediato.

—¡Mamá!, no sabía que venías.

—Me vi obligada, dadas las circunstancias.

—¿Qué circunstancias? ¿Pasó algo en casa?

Mi madre mira a mis amigos, y les ordena:

—Por favor, necesito hablar con mi hija a solas.

Supongo que ya se los había planteado, porque Cristina y Federico toman sus abrigos que yacían sobre el sillón y salen del departamento.

—¿Podés explicarme qué pasa? Te presentás acá sin avisarme, sacás a mis amigos… —me molesta que los mangonee y estoy enojada.

—¿Tengo que avisar cuando quiero ver a mi hija?

—No, pero…

—Si mal no recuerdo este departamento se compró para vos. Que ellos vivan acá por tu generosidad, no me impide que les diga que se retiren cuando así lo necesito.

Es altiva, orgullosa y sabe ser descortés, cuando quiere.

—¿Cómo te atrevés a presentarte con él en la casa de Uruguay?

Bueno, al menos ya tengo una duda menos. Vino para retarme.

—Es mi novio.

—¿Es esa una contestación?

—Explicame mamá, ¿Qué es tan terrible? ¿Qué esté de novia? ¿Qué sea feliz con él? ¿O que no sea Gonzalo?

—No me ofusques.

Mamá se acerca hecha una furia.

—¡No puedo creer que mi hija haya pasado por las manos de dos hombres distintos sin casarse primero!

Era eso.

—¡No claro! Mejor es seguir con el primero, convertirlo en único y ser una desdichada toda la vida —mi tono irónico la irrita.

—¿Qué tiene este hombre que no tenga Gonzalo?

Necesito una copa. Abro una botella de vino y nos sirvo, mientras me mira esperando la respuesta.

—Para empezar, a mí.

—Gonzalo también te tuvo. Te entregaste a él y ahora…

—Ahora estoy con Santiago.

—Decime Miranda. ¿Santiago lo sabe?

—¿Qué salí con Gonzalo? Sabe que no fue el primero, no tengo porqué contarle nada más.

—¿Y no le molesta? ¿No le molesta compartirte?

—No me comparte. Ya no estoy con Gonzalo, soy la novia de Santiago —lo digo enérgica.

—A un hombre no le gustan los segundos puestos Miranda. A un hombre le gusta la exclusividad.

—Decís segundos puestos y me hacés sentir como una mujer de la calle. ¡Mamá por favor!

—No hay nada más lindo que entregar la virtud a tu marido en la noche de bodas. Que él sepa que sos solo suya y de nadie más.

—Esa es una opinión muy antigua.

—Preguntale a tus hermanos. Preguntale a ellos qué prefieren. ¿Ellos también son antiguos?

—Mamá, tenemos ideas diferentes. Yo no entregué mi virtud a nadie que no quisiera, tanto en su momento como ahora. Mi novio no está afectado por eso —al menos es lo que espero—. No veo porqué te afecta a vos.

—Preguntale a él qué hubiera preferido.

Odio esa pregunta. Sé que a Santiago le hubiera encantado ser el primero. Pero no por ello deja de... quererme.

Me conoce y se da perfecta cuenta que ganó un punto.

—Decime Miranda, ¿Cómo crees que me siento sabiendo que mi hija, se acostó con un miembro de nuestra sociedad y después se presenta con otro hombre en mi propia casa?

—Con respecto a Gonzalo, sentí lo que quieras. Por lo de Uruguay… tenés razón, actué por impulso, no debí haberlo llevado a tu casa.

Me siento. En un segundo me doy cuenta cuánto la afecté y mi hermoso fin de semana junto a él, comienza a desvanecerse.

—Perdoname mamá, no pensé en ustedes. Es que Santiago y yo nos llevamos tan bien. Me siento tan segura, tan querida… lo deseo tanto… —me confieso.

—¿Cómo es Miranda? Explicame cómo es eso.

—¿Qué cosa?

—¿Cómo es desear tanto a un hombre?

—Mamá yo…

¿Qué decirle? Presiento que me envidia y eso me confunde, al punto de no entender nada.

—¿Fue igual con Gonzalo?

La charla con mi madre va por caminos que jamás transitamos. No fue ella quien me explicó sobre el crecimiento de una niña, mucho menos sobre el sexo. La única que vez que rozó ese tema, fue cuando me advirtió: "*Los hombres solo te quieren para eso*".

—A todas nos gustaba Gonzalo, mamá. Cuando me eligió, mi vanidad se agrandó tanto que me hizo creer que lo amaba.

—¿Por qué te entregaste a él?

—Porque una cosa llevó a la otra —explico moviéndome de un lado a otro del cuarto, en tanto ella me sigue con la mirada atenta—. Estábamos en Buenos Aires, lejos…, parecía normal y la verdad es que lo deseaba.

—¿Por qué cortaron?

—Porque a Gonzalo un par de copas lo convierten en un hombre diferente. Se tornaba violento y reclamaba de mí… lo que yo no estaba dispuesta a concederle. Me hacía sentir muy insegura cuando tomaba. Yo estaba en la productora escapándome todo el tiempo del acoso de mi jefe, y al salir de ahí, del acoso de mi novio.

Los ojos de mi madre se agrandan. No puede creer lo que le cuento.

—¿Santiago? —pregunta.

—Ni bien lo vi, sentí que me comía con los ojos —me sincero—. Es tan atractivo. Nos gustamos de inmediato, pero sembré un montón de murallas entorno a nosotros. Santiago jamás tuvo una relación seria y en la oficina era bien conocida su historia de mujeriego.

—¿Y qué te hace creer que no es lo mismo con vos?

—Conmigo es distinto mamá —de eso ni ella me hará dudar.

—¿Distinto? Vamos Miranda eso es un cliché.

—Es distinto. Sé que me quiere y lo quiero.

—¿Lo amás?

—Sí —reconozco por fin y estoy segura que no es para taparle la boca.

—¿Te dijo que te ama?

Niego con la cabeza.

—Pero siento que me ama.

—Puedo entender el amor Miranda, yo amo a tu padre. Lo que no puedo entender es que te entregues así, tan fácilmente. Ni siquiera te dijo que te ama, hace poco tiempo que lo conocés…

—No me importa nada de lo que decís. Lo amo, lo deseo…

—¿Cómo es desear tanto a un hombre?

¿Mi madre no sabe lo que es desear a un hombre? Lleva añares casada con el que insiste que ama.

—Por favor mamá. Somos grandes. Sabés perfectamente cómo es desear a alguien.

La botella de vino está casi seca. Yo solo bebí una copa. La miro y me doy cuenta que esta perturbada por el alcohol.

—¿De verdad me preguntás eso? ¿No deseabas a papá cuando se enamoraron?

—Miranda… Tu padre siempre fue mi único hombre…, la intimidad para mí es… una tortura. No puedo entender que vos arrastres tu nombre por los suelos, por estar en la cama con alguien.

—¡Mamá!

Se ruboriza. Jamás hablamos de sexo. Ahora veo que ella no tiene idea de lo que es el placer. Solo reprodujo hijos.

—Contestá mi pregunta. ¿Cómo es desear tanto a un hombre, que no te preocupe lo que piensen los demás?

—Desearlo, es que te mire y un cable desde el dedo gordo del pie, te recorra el cuerpo y llegue hasta la punta de tu cabeza disparándote patadas eléctricas. Que se te acerque, se te nuble la vista y solo puedas verlo a él —mamá me mira apenada pero también ansiosa—. Cuando su mano me toca se me erizan los pelos, mis pechos se yerguen y mi sexo se tensa, se dilata y… se contrae en cuestión de segundos. Un sacudón interno va desde mi entrepierna hasta la garganta, exigiéndome que lo posea.

—¡Miranda!

Está ruborizada, pero sigo:

—Llega un momento en que solo puedo entregarme a él para poder sentirlo completamente. Solo así puedo calmar mi cuerpo, pero no pasa solo por ahí.

—No lo entiendo…

—Mamá, me apena oírte —pero no me freno. De una buena vez tiene que entenderme— Cuando por fin llego al clímax el cuerpo de los dos es puro espasmos de placer. Me siento en la gloria y solo quiero quedarme en sus brazos acurrucada, mientras él me besa y lo beso. La tortura es no tenerlo mamá. Y como te dije, no solo es una cuestión corporal y primaria. Mi corazón lo reclama, mi mente lo necesita.

Sigue mirándome, no llego a ella. No logro que entienda.

—Ver cómo me mira, sentir su deseo, su corazón palpitando rápido, su respiración agitándose. Reconozco cada gota de sangre que le corre por las venas admirándome, deseándome, queriéndome. Generar todo eso en él, hace que entienda la razón de porqué estoy viva. Y cuando llega al orgasmo… ¡Ay mamá!, si pudiera explicártelo. Cuando él llega al orgasmo, ninguna otra cosa puede hacerme más feliz que eso. Sentir que soy yo quien lo desata y también quien lo gratifica, no se compara con nada en el mundo.

—Miranda, jamás me sentí… así. Yo solo padezco esos momentos. Tal vez por eso…

—¿Tal vez por eso?

—Nada —dice recobrando su postura.

—Mamá, para sentir así, hay que entregarse al otro.

—Demasiado poder en manos de un hombre Miranda. Demasiado.

Delfina Lezcano vuelve a poseerla.

Se para, está un poco más recompuesta. Me toma por los hombros, mirándome directo a los ojos y me dice:

—Miranda esta conversación fue entre nosotras dos y nadie más.

«Ni que lo digas, no pienso repetirla ante nadie».

—No me gusta que hayas sido de Gonzalo y ahora de Santiago. No me gusta que el nombre de mi hija esté en la boca de todos. Arreglé las cosas para que nadie más que yo, se entere lo ocurrido en Uruguay. No quiero pensar lo que dirían tu padre y tus hermanos.

«Puedo imaginármelo».

*****

Me siento muy mal. Ya cuando entré a la empresa de Murray, me sentía afiebrado. No dejé de fumar en toda la tarde y ahora estoy peor.

Llego a casa de Miranda casi sin fuerzas.

—¡Santiago estás ardiendo! —dice al besarme.

«Dios, qué hermosa que es».

—No me extraña —logro decirle—, siempre ardo cuando estás cerca.

—Shh. Entrá. Te presento a mamá.

Justo hoy que estoy destruido, su madre está de visita.

Caigo en el sillón, no tengo fuerzas para nada.

Miranda busca mi billetera en los bolsillos del saco. Toma el carnet de la prepaga y pide un médico a domicilio, mientras la madre me toma el pulso.

—No lo llames Miranda, estoy bien, un poco cansado nada más.

—Calladito, no te muevas del sillón —ordena.

Desaparece de mi vista. ¿Dónde fue? ¿Dónde está? Cierro los ojos por lo que supongo fue un segundo, y vuelvo a verla cerca de mí, observándome, estudiándome. Está preocupada, su cara es de susto y preocupación. Me lleva a su cama y me desviste. Desabotona mi camisa, el cinturón, el cierre del pantalón, quita mis zapatos. Ya estoy excitado, tengo ochenta de fiebre pero ella me excita igual y no me detiene ni que su madre esté en el living.

—Calmate, no pienses cielo.

Me tiene desnudo y me lleva al baño. Tiene la bañera preparada, se mete en ella y me arrastra consigo.

«¿Uno rapidito bajo la lluvia antes de que venga el médico? ¡Genial!».

—Quedate quieto Santiago, tenemos que bajarte la fiebre —me dice la muy arruinadora de climas.

Estoy acostado de espaldas sobre ella que me pasa la esponja húmeda y casi fría por la cabeza y el torso, mientras me da suaves besitos en el pelo. Muero por ella. Debo ser un desastre. Llegué empapado en sudor, hecho una piltrafa y me está mimando.

—Tranquilo cielo, tranquilo. ¿Qué te habrás pescado? ¿Cómo te sentís?

—Estoy en el cielo Miranda —se ríe, pero sé que sigue preocupada.

Salimos de la bañera. Me seca todo el cuerpo y me acompaña a la cama. Me viste con el pantalón de pijama que tengo en su casa. Puedo ayudarla, me siento un poco mejor después del baño, pero es más agradable que lo haga ella sola.

Me despierto con el médico y Miranda mirándome, parados junto a la cama.

—Buenas noches. Parece que se siente muy mal ¿verdad?

Para llegar a esa conclusión no hubiera pasado seis o siete años en la facultad. El médico es un boludo. En medicina le dan el título a cualquiera.

—Me duele el pecho, la cabeza. Siento que no puedo mantenerme en pie.

El supuesto doctor me revisa. Llega a la conclusión que me pesqué un virus. Típico. Como no estudian un carajo, no tienen idea de nada y llaman virus a todo. Eso en leyes no pasa.

—Guarde reposo, un ibuprofeno cada seis horas, mucho líquido, si no tiene apetito no coma. No fume y en un par de días se va a sentir mejor.

«Eso mismo podría haberlo dicho yo, y soy abogado, idiota».

Estoy mal, pero puedo ver cómo recorre con la mirada a mi novia.

«Dejá de mirarla porque te paso todos los virus conocidos y por conocer».

Le da una receta y le hace firmar una planilla. Miranda se agacha un poco sobre la cómoda del cuarto para firmar y el pelotudo le ojea el trasero. Estoy por pararme pero mi novia reacciona:

—Doctor, lo llamé para que revise a mi pareja, no para que me observe a mí. Tenga el buen gusto de retirarse antes que le entablemos un juicio y pierda su carrera.

«¡Esa es mi adorada!».

Caigo en la cuenta que me nombró como su pareja. Vamos progresando, ahora le pone nombre a lo nuestro.

El idiota se va bufando maldiciones. Espero que no sean para mí, hoy no puedo defenderme.

—¡Miranda! —la llamo y al segundo está recostada a mi lado.

—No te acerques, no quiero contagiarte. Le tengo miedo al juicio que pudieras hacerme.

—¿Me escuchaste? Perdón.

—¿Perdón? Quería aplaudirte, pero no tengo fuerzas. Sos una Diosa. Mi Diosa.

—Sí Diosa, aunque medio guerrera.

—¿Jugamos al enfermo y la doctora? —por la cara que me pone, parece que no.

Me causa gracia. Es guerrera con el médico y me da guerra a mí desde que la conozco con su lengua avispada y en la cama con su sensualidad.

Otra vez me despierto y mi dulce guerrera trae una bandeja con un caldo calentito para mí.

—No quiero Miranda —no me hace caso. Toma una cucharada, la sopla para templarla como si yo fuera un bebé que no puede comer solo, y la acerca con ternura a mi boca. Tomo cuatro cucharadas para complacerla y lo logro, su cara se ilumina con una sonrisa. La madre está en la puerta del cuarto mirándonos, y recuerdo que tengo obligaciones:

—Avisale a Franco que mañana no puedo ir a la oficina.

—Es viernes Santiago. Mañana no vas a trabajar. Tenés todo un fin de semana para reponerte. Descansá tranquilo.

El frío en mi cabeza me congela. Abro los ojos y la veo, colocándome paños frescos, mientras la madre me toma otra vez el pulso.

—Les estoy dando mucho trabajo.

—Shh, tranquilo cielo. Avisame cuando consideres que podés tenerte en pie y te llevo otra vez a la bañera. Tenés mucha fiebre.

Sí, otra vez a la bañera, a recostarme sobre ella. A lo mejor ahora que tomé la sopa, tengo un poco de fuerza y logro algo más.

Está agotada. Pobre, recién ahora me siento un poco mejor. Pasé todo el sábado y parte del domingo volando de fiebre. Miro el reloj y son las ocho de la noche. Miranda acostada sobre la ropa de cama, duerme profundamente. Debe haberse relajado al notar que mejoro. Mi celular suena y se sobresalta.

—Seguí durmiendo princesa. Yo puedo atender.

Me levanto para tomar la llamada en el living.

—Mamá, ¿cómo estás?... Si mami, mucho mejor, ya no tengo fiebre… Me cuidó como a un chico… Sí mamá, no te preocupes que yo valoro mucho a Miranda.

¿Cómo no valorarla? Es un minón infernal, una Diosa sensual, una amante perfecta, la dulzura de mil kilos de chocolate, y MÍA. Solo mía. La hubiera levantado en andas cuando puso en su lugar al doctorcito ese.

Por Dios Miranda ¡Lo que me cuesta dejarte dormir tranquila! Busco a mi suegra, pero no está en el departamento.

—Si mamá… bueno… —pero estoy contestándole por instinto. Sobre la mesa del comedor veo la notebook de Miranda—. Después hablamos Reina.

Corto. Quedo obnubilado por el maravilloso trabajo que mi novia tiene hecho. Está con finales, y este debe ser uno de ellos. Recuerdo que pretendía quedarse estudiando todo el fin de semana. Mi virus seguramente no le permitió concentrarse lo que pretendía, sin embargo para mí se merece un diez.

—¿Qué hace fuera de la cama doctor?

*****

La fiebre no le baja. Me muero de pena y angustia. Lo baño, le doy ibuprofeno, pongo paños fríos en su frente y en las muñecas, pero no logro bajarla.

—Mamá, ¿decime qué hago? No puedo quedarme esperando, tengo mucho miedo.

Me muero de miedo, si le pasa algo me muero. Estoy tan angustiada que no puedo darme cuenta que mis dudas empiezan a esfumarse. Lo amo. Estoy segura. Caer en la cuenta que puedo perderlo, me enfrenta con esa verdad.

Mamá me abraza, vino enfurecida y sin embargo ahora…

—Tranquila hija, parece feo, pero se va a poner bien.

—Mamá —digo angustiada, abrazada a ella, temblando, llorando.

—Miranda, pude ver de qué hablás. Pude ver cuando se miran. No te importó que estuviera yo presente, solo te importó que se cure. ¡Jamás metí a tu padre en la bañera para bajarle la fiebre!

—Lo siento mamá, me muero por él, quiero que se cure.

—Lo sé. Se va a poner mejor, no es nada. Los hombres son muy exagerados hija. Mañana volverá a ser tu Santiago.

Lo escuchamos en medio de lo que creo es una pesadilla:

"Por favor Miranda. Solo yo Miranda."

—Hasta en sueños es celoso —dice mi madre, con una sonrisa en la cara.

Lo amo y tengo miedo de no poder revertir sus celos.

"Dejá de mirarla… Me duele el corazón… me duele la piel."

—Pobre, se siente muy mal —reconoce mi madre.

—El doctor lo trató con indiferencia. No sé si es normal que se encontrara con un cuadro así, pero no me dejó tranquila. Además era un zarpado. Le hubiera dado un bife si no fuera porque Santiago está tan mal.

—Si Santiago estuviera bien, el bife se lo hubiera dado él —parece que comienza a conocerlo.

—Me voy Miranda. La avioneta me espera para llevarme a casa.

—Gracias por la compañía mamá.

—No es que haya cambiado mi forma de pensar… Entiendo que se quieren, pero por favor, no me pongas en situaciones que sabés no van conmigo. El sábado es mi cumpleaños, los esperamos en casa. Voy a darles cuartos separados.

—¡Mamá! —me quejo.

Sueño que estoy vestida de negro, llorando a mares, me despierto sobresaltada al máximo. Él no está en la cama y recorro toda la habitación buscándolo sin encontrarlo. Me levanto de un salto y al llegar al living lo veo observando mi trabajo para el final.

—¿Qué hace fuera de la cama doctor?

—Admiro el trabajo de una artista espectacular.

Se siente mejor, puedo verlo en sus ojos, y me tranquilizo regalándole una sonrisa. Al instante está junto a mí.

—Veo que recobró sus fuerzas.

—Decime que te hice el amor anoche —me susurra al oído.

—¡No! ¿Cómo se te ocurre? Anoche delirabas.

Bufa enojado.

—Hubiera jurado que lo hicimos. Hasta en sueños me seducís Miranda.

Me acerco a él. Es tan sexy, hasta sudado y volando de fiebre era sumamente sexy. Me cuelgo a su cuello con cuidado de no descargar mi peso, pero me toma por la cintura levantándome en andas.

—Por favor —le ruego—, hoy no. Necesitás reponerte y yo terminar mi entrega. El martes rindo el final.

—Mañana no vayas a la oficina. Quedate preparando la materia. Con Franco nos vamos a arreglar.

Trato de detenerlo, todavía está convaleciente, busco por el lado que imagino lo enfriará:

—Mi madre te deja sus saludos.

—Un desastre lo mío. Conozco a tu mamá con las defensas por el piso. ¿No crucé ni una palabra con ella y ya se fue?

Mientras me habla, recorre mi espalda con sus hábiles manos. No come bien desde el desayuno del viernes, se pasó el fin de semana enfermo, pero tiene fuerzas reservadas para nosotros.

No puedo evitarlo y caigo en la tentación de besarlo, acariciarlo, sentirlo otra vez junto a mí. Es mío. Todo este hombre increíblemente sexy es mío. Y yo lo amo.

Federico y Cristina anoche vinieron a dormir. Con la sargento fuera del área, reanudaron su vida normal en casa. Se ducharon antes de irse a trabajar y ahora tengo todo el departamento disponible para mí sola. Hago un gran despliegue de láminas, cartones y maquetas. Pensaba tomarme el fin de semana para terminar con la entrega, pero los hechos hicieron que todo se reduzca al día de hoy.

Estoy apurada y nerviosa. Es mi último final y quiero que quede perfecto.

Corto, pego, pinto, imprimo y mientras lo hago recuerdo sus manos. Si estuviera aquí no me dejaría trabajar tranquila. Me río imaginando todas las fantasías que se le ocurrirían a mi doctor, si me viera enfundada en mi jogging, en cuatro patas sobre el piso, pegando lámina tras lámina sobre cartones.

El sábado es el cumpleaños de mamá. Quisiera llevar a Santiago conmigo, pero sé cómo van a ser las cosas.

Mamá nos pondrá cuartos separados, en eso es tajante. Papá lo escudriñará de arriba abajo. Mis hermanos se harán los guapos-machistas-insoportables y Santiago terminará a las piñas.

Tengo que encontrar la manera de ir, sin llevarlo. Pero por sobre todas las cosas, de que no se ofenda.

«No voy».

Lo tengo decidido, no voy y punto. Puedo decir que me contagió su virus, y que me siento pésima.

«Concentrate Miranda Serrano, tenés que preparar el final».

Santiago no se va a enterar. ¿Quién podría decirle? Mamá va a entenderme y estará llamándome hasta que le diga que mejoré. Tengo que hacerle creer que me siento mal, pero no tanto como para arruinarle el festejo. Papá va a mandar la avioneta a buscarme, o de lo contrario mandará al Doctor Pardo en ella, para que me revise. Estoy en problemas.

Lo extraño, lo extraño mucho. Lo dejé ir y lo extraño. ¿Cómo podré pasar todo el fin de semana sin él, si ya lo extraño?

El teléfono me interrumpe:

—Buen día señorita Miranda. Llegué a la oficina, no la encontré y me siento perdido.

—Buen día doctor. ¿Me buscó en su corazón?

—Sí. La encontré allí, pero no sé por qué no puedo besarla en ese lugar. Sabrá usted, lo mucho que me gusta besarla y sentir su cuerpo junto al mío.

Me mata, juro que me mata. Me lo llevo escondido en la avioneta. Lo mantengo secuestrado ahí, y voy a cada ratito a estar con él, en medio del maldito cumpleaños de mamá.

CAPÍTULO 13

—Miranda, sé que tenés el final mañana, pero mi mamá quiere invitarte a cenar con nosotros esta noche.

¡Dios su madre!, acabo de padecer a la mía. No volví a verla desde la fiesta de cumpleaños de Salerno padre. ¿Qué pensará de mí? ¿Será tiempo de presentarme? ¿Cómo me va a presentar? ¿Novia, acompañante?

—¿No te parece apresurado Santiago? —no lo habría dicho, si hubiera sabido de antemano, lo que mi pregunta le causa.

—¿A qué te referís con apresurado?

—Digo… ¿Qué vamos a decirle?

—No tenemos nada especial que decirle.

—Está bien, pero… —me pongo en pose ensayando la presentación de esta noche—: Mamá traje a Miranda, mi…

—Mi novia. Ya lo sabe, por eso te invita.

Me morí. Quedé con la boca tan abierta, que no solo una mosca entraría en ella, también un dinosaurio. «Su novia». ¿Dónde se metió mamá que no escucha eso?

Llevo días pensando qué somos. Amantes increíblemente satisfechos, sin duda. Compañeros de trabajo, es gracioso pero también. A mí me tritura por completo y sé que lo puedo. Pero dijo: "*mi novia*". Eso es mucho para un hombre como Santiago.

—Mi hermana y el marido también van a estar. De mis sobrinos, te salvo. Les pedí que no los lleven.

¿Será que los chicos no le gustan? Es muy temprano para hablar siquiera de una relación formal con vistas a un matrimonio. Por mucho que me muero por creer que eso espantaría al conteiner de brujas que lo rondan esperanzadas. Pero descubro la ilusión de tener hijos con esos ojos azules y esa sonrisa cautivadora.

No puedo trabajar. Por mucho que lo intento no puedo concentrarme. Hijos capaces de entregar esa mirada embrujadora y sexy, me impiden unir una neurona con otra.

¿Qué le pasa con los chicos? En Azul, mis hermanos poblaron la casa con mis sobrinos. Adoro a los chicos, sus risas, sus travesuras. Yo quiero hijos, muchos hijos.

«Mierda, ya voy mal predispuesta para esta noche con mi suegra y cuñados».

*****

La noto rara. Ya cuando la fui a buscar a su departamento, la vi rara. Ahora, por la autopista, veo que está más rara aún. ¿Seguirá concentrada en el final?

—¿Pasa algo Miranda? Mirá que mi madre no se comió a nadie crudo todavía —digo intentando aflojarla un poco.

Me acaricia el pelo, me observa como estudiándome, tratando de ver a través de mis pensamientos.

—No pasa nada cielo. Manejá tranquilo, hay muchos autos.

"*Cielo*" Siempre me llama así o por mi nombre. A veces, cuando juega, me dice doctor. No la escuché nunca llamarme amor.

No me conforma su respuesta. En la entrada al *country*, antes de llegar, estaciono para indagarla.

—Miranda, pensé que te gustaría aceptar la invitación de mamá. Casi todos los lunes ceno con ella y quisiera que a partir de ahora me acompañes. Pero si eso te incomoda, lo suspendemos ya.

—No te preocupes, no tiene nada que ver con tu madre. Es un honor y una gran alegría que quieras que te acompañe.

—¿Entonces? Te noto mal. No me gusta verte mal. ¿Hice algo? ¿Te hicieron algo?

—Nada Santiago. Vamos, está todo bien.

¿Será por el final? ¿No le habré gustado a su madre? No está con la regla. De eso estoy seguro, porque fue la otra semana. No puedo endilgarle el humor a sus hormonas. Puedo endilgarle muchas cosas que adoro a sus hormonas, pero no esto.

Mamá nos abre la puerta. Besa a Miranda primero en la mejilla y luego a mí, revisando si realmente estoy mejor de mi virus. Está feliz, la conozco. Miranda le gustó de entrada.

Gabriela se nos acerca—: Bueno, de manera que sos quien tiene como idiota a mi hermano. Encantada soy la que lo sufre desde que nació.

La mataría. La ahorcaría por hacerme quedar como un tarado ante la primera mujer que le presento. Pero Gabriela es ideal para acabar con el mal humor de cualquiera y le pongo un par de fichas, perdonándole la vida.

—Hola pollerudo. ¿Te dejaron ir a la cancha el domingo? Te presento a Miranda.

Mi cuñado hace gestos de "es un pesado" y saluda a mi novia.

—Siéntense. Lola ya nos trae la cena —dice mamá, con la felicidad instalada en la cara—. Gracias por cuidarlo Miranda, para cuando me enteré, vos ya habías hecho todo el trabajo.

—Seguro que te volvió loca. Es un flojo —Gabriela sigue sumándome éxitos—: No quieras saber Miranda, lo que era tu novio cuando niño. Una peste.

Miranda me mira confundida. No sé qué es lo que la tiene tan extraña.

—¿De verdad? —finalmente dice.

—Un demonio. Vivía trepándose a los árboles, peleando en la escuela. Todavía no puedo creer que se haya recibido —dice. Cuando quiere, sabe dejarme como los dioses.

—Lo que yo no puedo creer, es que finalmente alguien le haya puesto la soga al cuello. —¿Y ahora el pollerudo vengándose de mí?—: Miranda, mi cuñado en su vida nos presentó una novia.

Al menos estoy seguro que éste, no se hará ratones con mi novia. Está tan embobado con Gabriela, que creo que ni se entera del minón infernal que traje esta noche.

—Novia —dice Miranda susurrando.

—Sí novia —aclara mi madre—. Hacete a la idea Miranda.

Novia y novio, desde ya. ¿Qué menos? ¿Qué pensaba Miranda que estábamos haciendo? La miro un poco enojado. Ella me da una tímida sonrisa. ¿Será que le sorprende que mi familia la trate como tal y por eso está rara? Cambia de tema y salta a mis sobrinos:

—Me dijo Santiago que tienen gemelos de casi dos años.

—Dos soles Miranda. No sabés lo bonitos que están mis nietos.

—Bonitos y quilomberos. Rompen todo, lloran, corren y ahora que aprendieron a hablar, no paran.

—Callate estúpido —me reta Gabriela—. Bien que te encanta jugar con ellos. No le hagas caso Miranda, se divierte molestándome a mí.

—¿Por qué no vinieron? —pregunta.

—Porque no me gusta que alteren sus horarios de sueño —le contesta Gaby.

«Gracias a Dios», pienso.

—Nos dio mucho trabajo lograr acomodárselos. Además el tarado este quería una noche perfecta.

—Gabriela, ¿soy una desubicada si te pido que después me lleves a conocerlos? Prometo no despertarlos.

¡Ah bueno! Mi hermana en cualquier momento pasa por arriba de la elegante mesa que armó mamá y estruja a mi novia en un abrazo. Lo único que me faltaba, que me la rompa la tarada.

Cenamos la apetitosa comida que Lola preparó bajo las órdenes de mamá y antes de tomar el café, vamos a ver dormir a las bestias, en casa de mi hermana.

Cuando duermen de verdad que son más lindos. Tranquilos, limpios, quietecitos y ¡callados!

Miranda se enternece mirándolos. Me parece que los críos le encantan. Pienso cómo sería un hijo nuestro. Necesito que sea varón, mi corazón no resistiría ir desparramando tarados que quieran acercarse a mi hija. Caigo en la tentación que me provoca la mirada que Miranda les regala; me acerco a su oído y le pregunto:

—¿Cuántos seremos capaces de tener?

¡Guau! Jamás pensé que me estamparía semejante abrazo, ni semejante beso frente a mi hermana. Está totalmente fuera de ubicación. No es que me queje, pero hay sitios para todo.

—Perdón —dice ruborizada al máximo—. No sé cómo disculparme. Es que todo el tiempo pensé que no te gustaban los chicos.

¿De qué cuernos habla?

—Me encantan los chicos —dice ahora, tratando de que mi hermana cierre la bocaza que tiene abierta desde que la vio arrojarse sobre mí—. Tengo un montón de sobrinos en Azul. Los adoro. Me vuelvo loca con ellos.

A Gabriela se le nota que comparte el sentimiento con Miranda.

Claro que me gustan los chicos. No los soporto cuando se ponen insufribles y están despiertos. Pero entiendo de lo que habla. Tampoco soy un desalmado. De cualquier manera que no se le ocurra encargarlos ahora. Gabriela se pasó casi un año destruida, sin poder seducir al pollerudo, de lo cansada que terminaba al final del día. No quiero perderme tan rápido de su cuerpo increíble, creado en exclusiva para mí.

Sacudo la cabeza fuerte para sacarme esa fea imagen de Miranda en pantuflas, camisón de algodón, ojeras y un crío llorando en cada brazo.

«¡Dios que no se le ocurra!»

—Me gustan mis sobrinos —le digo—. Si están dormidos más. Lo que no me gusta es lo que hacen con sus madres.

Creo que metí la pata. Veo en el gesto de Gabriela, que si estuviera más cerca mío, ya me hubiera encajado uno de sus codazos al hígado. Miranda otra vez está ceñuda.

—A lo que me refiero es que… —necesito encontrar una salida del ring en el que me metí solito—, los bebes implican demasiados cuidados, mucho tiempo, coartan salidas, momentos íntimos…

—No trates de arreglarlo imbécil, ya metiste la pata. Miranda, no le hagas caso. Es un tierno, te lo aseguro.

—¡Hey!, puedo defenderme solo, soy abogado.

—Sos un idiota, yo estoy acostumbrada, pero me parece que ella todavía no.

CAPÍTULO 14

—Miranda, quisiera tener con vos una charla íntima… en privado. ¿Cuándo considerás que podríamos? —me lanza mi suegra cuando la acompaño a la cocina buscando el café.

—En la mañana rindo un final. Si le parece almorzamos juntas.

—Perfecto, te encuentro en *La Biela,* en Recoleta a las doce. ¿Te parece bien?

—Allí nos vemos.

Quedo completamente intrigada. Tal vez haya descubierto en mí algo que no le agrada.

Paso casi toda la noche despierta terminando el final, y todo mi cansancio desaparece cuando al entregarlo, me adelantan que está perfecto y el título es seguro. Bajo la escalera feliz prendiendo mi celular para darle la noticia a Santiago, y toda mi alegría se pierde cuando veo a Gonzalo al pie de la misma, sonriéndome. En mi celular, el oportuno llamado de Santiago, me permite recuperarme de lo inesperado. Hablo con él distraída y corto en cuanto puedo. Todavía tengo el almuerzo con mi suegra y puedo imaginarme a mi novio comiéndose los cigarrillos intrigado, después que acabo de decirle que Gonzalo está frente a mí.

—¡Gonzalo!

—Hola Miranda. ¿Cómo te fue?

—¿Qué hacés acá?

—Te fui a buscar al estudio y me dijeron que rendías. Vine al partido en Palermo.

—Gonzalo, estoy apurada, tengo un almuerzo —mientras trato de seguir mi camino.

—Hace mucho que no nos vemos. ¿Podemos tomar un café?

—No.

—¿Seguís enojada?

—No tiene nada que ver si estoy enojada o no. Nosotros terminamos y no precisamente como amigos.

—No terminamos un carajo. Vos sos mía. El pelotudo del abogado no me llega ni a los talones.

Estoy furiosa, no soporto que hable así de mi novio.

—Desaparecé de mi vista y no vuelvas a buscarme. Toda la mierda que hubo entre nosotros ya no existe más, gracias a Dios. Te dije que tengo un almuerzo.

Me agarra del brazo y trata de llevarme hacia algún lugar, pero freno en seco.

—Dejame en paz o grito y toda la policía de la universidad estará a nuestro lado en segundos.

—Te venís conmigo a Azul.

Me suelto con fuerza y le hago señas a un taxi, que pronto frena junto a mí. Subo y cierro rápido la puerta.

—A Recoleta. Urgente —indico al chofer y no me doy vuelta para ver a Gonzalo.

Voy nerviosa a la cita con Clara Albarracín. Acepté verla hoy, aprovechando que Santiago tiene una reunión hasta tarde en la empresa de Murray y yo tengo el día libre por el examen. Clara quiere que nuestro encuentro sea íntimo y privado. Tengo que terminar rápido. Santiago necesita que yo le explique.

Lo llamo, para decirle que nos encontramos más tarde en el estudio, pero me atiende el contestador. Debe estar en el salón de reuniones en la empresa de Murray, y ahí no hay señal.

Me doy una última mirada en la puerta vidriada antes de ingresar a la confitería. Clara está elegantemente sentada, esperándome.

—Gracias por venir Miranda.

Le sonrío entre intrigada y complaciente, antes de tomar un lugar frente a ella.

—¿Un aperitivo? —pregunta.

—Prefiero almorzar directamente, por favor.

Me pregunta si Santiago sabe dónde estoy. Ella pidió confidencialidad. «No necesito estar diciéndole a mi novio dónde me encuentro en cada momento», dudo de mi propio pensamiento, no estoy tan segura que él no sepa siempre donde estoy. Generalmente es con él, en el trabajo o en su casa, de lo contrario en la mía con Cristina y Federico. Caigo en la cuenta que hace rato que cancelo reuniones con viejos amigos. Clara me adivina.

—Todo el tiempo con él ¿verdad Miranda?

—Casi siempre —respondo.

—Lo imagino.

Pedimos nuestro almuerzo y comemos hablando de sus nietos y mi examen. Clara pide té, yo café.

—¿Sucede algo Clara? ¿Algo en mí la molesta?

Lanza una carcajada nerviosa. No parece la Clara dulce y elegante que vi en su casa.

—Te invité para contarte una historia Miranda. Una historia que estoy segura que te servirá mucho.

Lo que me faltaba. Citada en un confitería tradicional y paqueta de Buenos Aires, para escuchar un cuentito de boca de mi suegra. Cuando en este momento podría aprovechar mi tiempo en acondicionar con Rita la casa de Santiago, para darle un recibimiento en la bañera llena de espuma con esencias aromáticas, velas por doquier y a mí misma enfundada en tan solo mi piel y mi perfume; para hacerle olvidar la imagen que seguro Gonzalo le dejó.

—Santiago es mi sol Miranda. Él y Gaby llenan mi corazón. —Hace una pausa que me permite entender que no soy la única que lo adora— Pero hubo un tiempo, en que mi sol era su padre.

Percibo, que la cosa viene muy íntima. Comprendo que pretendiera privacia.

—Conocí al padre de Santiago cuando era muy chica. Los dos formábamos parte de la sociedad acomodada de Buenos Aires. Mi padre era un banquero reconocido, la familia de Mariano trabajó siempre en la Bolsa.

El camarero trae mi café y un té verde para Clara.

—Santiago es un reflejo casi fiel de su padre. Veo cómo te mira. Así era mi Mariano. Guapísimo, elegante, creo que solo podrías diferencialos en el tono de sus ojos.

Me enamoré como todas las chicas que lo conocían, pero me eligió a mí. Igual que sucede con vos Miranda.

No me gusta. No me gusta nada el cuento, ya vislumbro que el final me va a gustar menos y solo vamos por el principio. Pero guardo silencio y escucho atentamente.

—Mariano era muy celoso. Su trabajo lo obligaba a pasar largas horas fuera de casa. Yo me dedicaba a jugar *bridge* o reunirme con amigas. Mi tonta educación de niña bien, no me permitía demostrarle cuánto lo amaba.

Yo sí soy demostrativa con Santiago. Soy toda mimos con él.

—Quedé embarazada de Gabriela, muy pronto. Era tan nena. Dentro de mí, el embarazo era culpa suya. Pensaba que me había dejado embarazada para alejarme de cualquier mirada masculina.

—Usted es una mujer joven Clara —la interrumpo—. Imagino que tenía acceso a información sobre control de la natalidad.

Se ríe—: Seguro. Pero mi vanidad y mi acostumbrada pose caprichosa, siempre hicieron que fuera mejor que la culpa la tuviera otro. En este caso, Mariano.

—Continúe.

Me asombra cómo se califica. Dista demasiado de la madre de Santiago que conozco.

—Me fui alejando con rencor de Mariano y él se refugió en Gabriela. Mi hija siempre ha sido encantadora. Puro mimos y alegría. Nunca imaginé que una hija pudiera generar en una madre, tantos celos —hace una pausa—. A Santiago lo busqué yo. Necesitaba un hijo para mí. Alguien que me devolviera cariño solo a mí. Gabriela ya era de su padre y como toda mujercita, moría por sus abrazos.

—Me resulta increíble lo que cuenta Clara. Gabriela y usted tienen una relación tan cálida.

—Ahora Miranda. Antes no. Santiago nació y para mi placer, era igual a Mariano. Se le suman esos increíbles ojos azules, que hablan más que sus palabras. Por el resto eran iguales. Tal vez para lograr acaparar la atención de alguien, o influenciado por mi ahogo de madre que lo adoraba, Santiago se me prendió, como Gabriela a Mariano. Tienen poco más de un año de diferencia. De chiquitos eran como botines de guerra, Mariano tironeaba por la exclusividad de Gabriela y yo por la de Santiago.

—¡Qué horror! —digo sin darme cuenta que es en voz alta.

—Horror es poco Miranda. Mi hijo me llenaba el alma, pero no saciaba… mis deseos de mujer —lo que debe costarle decir eso.

—Yo quería celarlo a Mariano y le brindaba toda la atención a Santiago, especulando con eso para que volviera a mí. Así de enferma estaba.

Muy enferma, me doy cuenta. No puedo lograr que el café continúe recorriendo mi sistema digestivo y siento un fuerte espasmo en el estómago.

—Mis amistades me recomendaron iniciar un tratamiento psicológico. Me negué rotundamente, yo no me creía enferma, solo quería recuperar a mi marido.

—¿Y él? Clara. Me refiero a Mariano ¿Qué hacía, qué decía?

—Mariano estaba muy lastimado por mi rechazo desde el embarazo de Gabriela y luego conque yo lo relegara tanto. No se ponía celoso de Santiago, él solo leía que yo lo rechazaba y lo alejaba de mi lado. Gracias a Dios, los chicos son sabios. Gabriela y Santiago eran propiedad de cada uno de nosotros, pero ante todo eran un bloque indestructible entre ellos. Gabriela creció cuidando y mimando a Santiago, y él adorándola.

—Eso puede verse claramente.

—Una tarde Mariano y yo discutíamos en la casa. Gabriela llevó a Santi al jardín, seguro quería distraerlo o escaparse del griterío nuestro. Santiago se trepó a un árbol, ella le rogaba que se bajara, pero no le hacía caso.

Puedo ver el dolor que le causa recordar.

—Se subió también con la intención de rescatarlo, lo tomó de la mano y él se resbaló.

Siento un temblor frío en todo el cuerpo. El espasmo es nada comparado con la imagen que su relato genera en mi mente.

—Gabriela colgaba agarrada de una rama y en la otra mano sostenía a Santiago, que pataleaba en el aire. Se cayeron los dos. Gabriela se fracturó el brazo y quedó inconsciente. Santiago lloraba besándola y acariciándola. En el sanatorio mi hija repetía que era su culpa, por no saber cuidar de su hermano y él lloraba desconsolado creyendo que Gaby tenía un yeso, porque él había sido malo.

—¡Pobres!

—Sí Miranda, a ese extremo llevé a mis hijos. Lo primero que hice fue buscar un terapeuta para todos.

—¡Gracias a Dios!

—Descubrimos primero, que Mariano y yo nos amábamos profundamente, pero nuestros orgullos no nos permitían relacionarnos como pareja. Luego, que la salud mental de los chicos estaba en perfecto estado, gracias a la unión que tenían. Eran dos piojitos, pero mucho más maduros que nosotros.

Clara pide otro té y yo me limito a una gaseosa tónica.

—Mariano y yo salvamos nuestra pareja. Él sintiéndose más seguro de mí, gracias a que yo comencé a ser más comunicativa y menos orgullosa. Yo feliz de recuperar a mi hombre y a mis hijos.

—Qué bueno —respiro aliviada.

—Cuando Gaby empezó a ser notada por los varones, Santiago se convirtió en una furia. Casi todo el tiempo era un griterío entre ambos, porque Santi trompeaba a uno u otro candidato. Con Sergio pensé que había madurado, a él se limita a llamarlo "pollerudo".

Ahora que ella lo dice, caigo en la cuenta, que es la primera vez que escucho el verdadero nombre de mi cuñado.

—Pero es cierto que Sergio adora a Gaby, y es todo ojos y caricias para con ella.

—Se los puede ver como una pareja enamoradísima.

—Sí, gracias a Dios lo son. —Bebe un poco de su té y continúa con lo que para mí, ya dejó de ser un cuentito—: Al nacer los gemelos, descubrí tristemente, que Santiago necesitaba ayuda.

—¿Por qué lo dice?

Me dirá que no le gustan los chicos, como supuse.

—Los gemelos son la vida de Gaby y Sergio. Desde que nacieron, ella relegó, como es lógico, a su hermano.

—Pero Santiago los ama, yo sé que los ama…

—Claro que los ama, pero ama más a Gabriela y odia tener que compartirla en el rol de madre. En algún lugar Gaby, fue su madre antes.

Lo ve así, ella lo considera así. El tema no pasa por los nenes, pasa por compartir un lugar con ellos.

—Miranda, mi hijo no entabló ninguna relación seria antes de conocerte, con ninguna mujer. Fue un mujeriego insoportable. Me cansé de escuchar lamentos de sus chicas por teléfono. No permanecía con nadie, salvo que comprendieran de antemano, que no los unía otra cosa, más que el placer. Estaba imposibilitado de entablar una relación madura. Supongo que por el temor a sentirse relegado.

—Conmigo es distinto.

—¡Ni que hablar Miranda! Vos le moviste todo su interior. Se muere por vos. Pero también te cela hasta donde no es capaz de confesarlo. Puedo verlo Miranda. Puedo ver lo pendiente que está de todo tu entorno. No sabés lo que sufrió en el cumpleaños de Manuel cuando bailabas con el empresario de Tigre.

Lo recuerdo perfectamente. Así como recuerdo su bronca con Rosales, Gustavo y… ¡uf!, la lista no tiene fin.

—Cuando descubrí que te quería, y los conflictos que tenían, traté de alertarlo, traté de incitarlo a que te conquistara. Me parece que sos el tipo de mujer que puede poner en su sitio su vanidad. Pero también sos demasiado joven y hermosa, y eso me aterra.

—¿La aterra?

—Me aterra, que se sienta avasallado por tu hermosura y por lo que generás en otros hombres.

—Clara, yo quiero a Santiago, trato constantemente de demostrárselo, no le doy un solo motivo para que sufra. Sé que es celoso.

«Gonzalo estuvo con él».

—Me alegra. Peleé con mi orgullo y vergüenza para venir a decirte esto. Comprenderás que no es grato para mí.

Creo que lo querés. Sé que lo mimás. Solo, tené presente mi historia Miranda. No tengas miedo de enriquecer su vanidad demostrándole al mundo, pero por sobre todas las cosas a él, que para vos no existe otro hombre.

—No existe otro hombre para mí, que no sea Santiago.

Se ríe complacida—: Enseñale Miranda, que hay muchos amores. Todos distintos. El amor de hermanos, padres, amigos, hijos; pero que su lugar sólo puede mantenerlo él. Yo seré tu aliada.

Estoy camino a la oficina, dando vueltas en mi cabeza a tanta información suministrada por la madre de Santiago. Tenía en claro cuánto sufrió con Rosales, pero no me daba cuenta lo que sufre, cada vez que cualquier hombre me mira.

¿Cómo voy a hacer para cambiar su dolor por el orgullo de tenerme? ¿Cómo hago para que pueda mostrarme a su lado sin miedos? Santiago no tiene dudas, tiene miedo. No teme que yo mire a otro hombre, teme saber que otros sientan, lo que yo le genero a él. Saber que cualquiera pueda sentir al mirarme, la misma tentación que siente él. Santiago teme no ser mi prioridad, porque cuando él se entregue, yo seré la suya. Ese es su gran miedo. No soy su madre, ni su hermana, ni sus sobrinos. Yo soy su mujer.

¿Y yo? ¿Lo amo o lo deseo? Sin dudas lo deseo, jamás me sentí tan viva y erotizada. Pero no sé si el deseo me hace creer que lo amo, o si lo quiero en verdad.

Lo amo. No puedo dudar de eso. Tengo miedo de amarlo tanto, y olvidarme de mí misma. Sé lo que sufrí lejos de él, sé lo que siento a su lado.

*****

Tribunales fue una locura. No tuve tiempo de llamarla a Miranda para ver cómo le estaba yendo en el final y todavía me falta Murray.

En la recepción del estudio me encuentro a un grandote salido de alguna publicidad de perfume para hombres, de esas que obliga a las mujeres a comprarlo, pensando que su pareja se le parecerá si lo usa. La recepcionista está molesta, no sé si es porque el grandote no se le insinuó o por otra cosa.

—Doctor, el señor busca a la señorita Serrano.

Mi humor cambia al instante, ya venía molesto ahora estoy furioso. ¿Quién es el tarado éste? ¿Qué hace preguntando por mi novia?

El tipo gira para mirarme y puedo verlo mejor. Lo fulmino con la mirada. No se le mueve un pelo y se presenta:

—Soy Gonzalo Aranguren. Amigo de Miranda. ¿Podría verla?

¿Amigo? ¿Desde cuándo? No lo conozco. Ni en pedo le digo que querés verla idiota.

—Pase a mi despacho, soy el Doctor Albarracín.

Le ofrezco café, pero no lo acepta. Mira mi despacho estudiándolo. Tengo una foto de Miranda y yo abrazados sonriendo a la cámara, del fin de semana en Uruguay, y la observa.

—¿Usted es el novio de Miranda?

—Sí. —Agendalo idiota. Tomá nota en tu mente musculosa y que no se te olvide.

—No sabía. ¿Puedo ver a Miranda? Somos amigos desde chicos.

—Miranda no está. Hoy rinde un final.

Hace un gesto de disgusto, me mira y trata de hacerse amigo.

—Juego polo. Estoy en el torneo de Palermo. Regreso a Azul el viernes y pensé que podía llevarla conmigo, para el cumpleaños de la madre. De esa manera le evito a Serrano mandar la avioneta a buscarla.

Demasiada información toda junta.

¿Es el cumpleaños de la madre? ¿Por qué enviaría mi suegro la avioneta para buscar a Miranda? ¿Mi suegro tiene una avioneta? ¿Por qué iría Miranda a Azul este fin de semana con él y no conmigo? El polista lo da como un hecho.

—No te molestes. Miranda y yo vamos en mi auto.

—No lo sabía, pensé que iría sola. Como Serrano me dijo que mandaba la avioneta…

Me estás cansando.

¡VA… CONMIGO… PELOTUDO!

—Se ve que Miranda pensaba darles una sorpresa —digo.

Se ríe con ganas y estoy a punto de abalanzarme contra él y estamparlo contra la pared.

—Si —me dice finalmente—. A Miranda le gusta dar sorpresas.

¿Qué me quiso decir?

—No te interrumpo más. Avisale que pasé y que regreso el viernes en la noche… No… mejor le dejo un mensaje en el celular. No te preocupes.

Sale de mi despacho. Le devolví el saludo de mano porque estaba muy interesado en estrechársela bien fuerte. Para que me recuerde.

Es el cumpleaños de la madre y no me lo dijo. ¿Cuándo pensaría notificármelo? ¿Habrá arreglado con el Gonzalo éste, para irse con él? ¿No pensaba llevarme?

—No te enrosques Santiago. Seguro tiene una buena excusa —Franco trata de calmarme cuando le cuento.

—Excusa. No una explicación —digo, pero a pesar de su acto fallido, se la dejo pasar—. Dame una. La primera que se te venga a la mente. Una sola razón por la que no me dijo que su madre cumple años, que lo festeja en Azul, que va a ir, que yo no la acompaño y que el tarado ese, que seguro es un stripper o un gigoló, se la lleva en su auto, en la avioneta o arriba de un burro.

Estoy furioso. Camino por el despacho con las manos en la cadera.

Franco me conoce. Sabe lo celoso que soy con Miranda—: A lo mejor se olvidó de contarte.

—¡No me jodas! —lo fulmino.

—En serio macho. Pensá, te pasaste el fin de semana enfermo y delirando. Estuvo preparando su última materia. Es muy probable que se haya olvidado.

—No lo creo. Miranda no se olvidaría del cumpleaños de la madre.

—No sé Santiago. Esperá a preguntarle a ella, estoy tapado de laburo, macho.

No se olvidó, estoy seguro que no se olvidó. Es otra cosa.

La llamo:

—¿Cómo te fue?... Me alegro… —Está feliz, la siento cansada, pero feliz. La felicitaron, no es para menos. Ya se recibió.

—¿Vas a tu casa?... No me dijiste que tenías un compromiso… ¿No venís por la oficina entonces?... Vino a verte un amigo de tu pueblo…—me interrumpe para decirme que acaba de verlo—. ¿En la facultad? ¿Estás con él?

Lo mato. El muy idiota no confió en que yo le diría de su visita y fue a buscarla a la facultad.

—Ya sé… yo también te extraño. Llamame cuando termines de festejar.

Estoy furioso. Saco chispas por cualquier parte del cuerpo que se le ocurra tocarme a alguien.

No le hago el amor desde el domingo, no viene a la oficina, piensa festejar con otros antes que conmigo ¿y encima se encuentra con el gigoló?

Son las tres de la tarde y camino por las paredes. Terminé la reunión con Murray a las corridas. Tengo más café encima que un colombiano. ¿Cuánto puto tiempo necesita alguien para festejar? Seguro que el tipo está enamorado de ella. Lo vi envidiando la foto de mi escritorio.

¿Qué llevaba puesto Miranda hoy? No la vi, no sé cómo está vestida. No importa lo que tenga puesto, siempre es infartante. Hasta con el pijama de algodón que le regalé, es una Diosa.

Son las cinco y la puerta de mi despacho se abre para dejarla entrar. Trae cara de culpable. No me muevo un centímetro de mi lugar. Se acerca y me da un beso tierno.

—Fumaste demasiado hoy. Te van a hacer mal los cigarrillos y el frío que chupás en el balcón para fumártelos. Acabás de salir de una gripe.

¿El ofendido soy yo, pero la que me reta es ella?

—No necesito consejos hoy.

Estoy furioso y se me nota. Quiero estamparla contra la pared otra vez, como cuando me esquivaba.

—¿Se me acusa de algo?

—¿Con quién festejaste?

—No te dije que me iba a festejar. Dije que tenía un compromiso. ¿Tengo derecho a defensa?

Sabe que hizo macanas. Me siento bien pegado al escritorio, sin darle lugar a nada y le hago un gesto para que se siente frente a mí. Esto será peor que estar frente al Juez Morales. Te lo aseguro señorita.

—El sábado es el cumple de mi madre.

—Me enteré.

Tiene puesto los jeans apretaditos.

—Estamos invitados.

—Ajá.

Y el sweater negro con escote en V.

—No pienso ir.

—¿Por qué?

—Es complicado.

—¿Qué es complicado Miranda? ¿Llevarme? ¿Ir con otro? —hago un gran esfuerzo por no mirarle la boca.

—No. No entendés.

—Obviamente. Alegá.

—Mamá dista mucho de parecerse a Clara. Nos dará cuartos separados. Mis hermanos son guardias armados hasta los dientes, no nos van a dejar solos un segundo.

—No entiendo —la interrumpo—: ¿Tu familia no sabe que somos novios, que vivimos juntos? Tu mamá nos vio en tu casa.

—No vivimos juntos Santiago, estamos mucho tiempo juntos, pero para ellos somos… novios.

—Igual Miranda, ¿en qué época viven? No pueden pretender que adultos como nosotros, nos preservemos vírgenes hasta el matrimonio.

—Eso exactamente, es lo que ellos pretenden de mí. Me imaginé la situación. Separados todo el maldito tiempo, mis hermanos tirándote sus cuchillos y vos terminando a las trompadas con toda mi familia.

Visto de ese lado, tengo que darle la razón. Son trogloditas. Pero yo sé guardar mi lugar. No trompearía a la familia de Miranda en su propia casa. Si no entienden que convivimos, problema de ellos. A mí, ni todo su árbol genealógico me va a impedir besarla, tocarla y hacerle el amor.

—No podés dejar de ir al cumpleaños de tu madre por eso.

—Como ves, dejo de ir.

Me acuerdo del *stripper*:

—¿Quién mierda es ese amigo Gonzalo, que viene como *Sir Lancelot* a ofrecer llevarte en su auto, o en la avioneta, o donde carajo sea?

Se ríe nerviosa y eso me altera más—: ¿Sabe alguien que soy tu novio?

—Con Gonzalo nos conocemos desde chiquitos. Cuando el torneo de polo coincide con el cumple de mamá, voy con él.

¿Porqué con él sí, y conmigo no? Pero pregunto:

—Tu padre envía la avioneta, según me enteré, ¿pará movilizarte con él?

—Bueno. Es que en otra época parecía lógico... salíamos juntos.

La mato. ¿Salía con él?

—¿Saliste con el *stripper*?

—¿Qué *stripper*? ¡No! Salía con Gonzalo. Vino a buscarme a la facultad. Me dijo que habló con vos.

—Sí, habló conmigo. ¿Cuándo salieron juntos?

—Hace un año.

—Sigue enamorado de vos.

—Me lo dijo.

—¿Te lo dijo? El muy cabrón me estrechó la mano y a los dos segundos ¿te está tirando los galgos?

—No dejo que me tire los galgos, Santiago. Nos conocemos desde hace mucho…

—¿Por qué no te cuidan de él tu padre o tus hermanos?

—Mis padres lo conocen desde que nació, nuestras familias son amigas. Mis hermanos y él son íntimos, mi hermano Martín está casado con su hermana. Suponen que no me pasará nada a su lado y que sabe… respetarme.

Demasiada ventaja.

—¿Te acostaste con él?

Piensa, no contesta.

—Ya basta Miranda, es una pregunta simple.

—Debuté con él —confiesa.

Me desmorono. Le di la mano a un tipo que tuvo a Miranda entre sus brazos y lo que es peor, fue quien la hizo mujer.

—Fuiste suya —digo susurrando, cuando no quería ni pensarlo, y siento que el piso de mi despacho no existe, el corazón desaparece de mi pecho y quedo sin fuerzas.

Miranda se para y camina hacia mí. Me toma la cara entre las manos, girando mi sillón hacia ella y me obliga a mirarla a los ojos.

—No fui de nadie hasta que llegaste a mi vida. Fui y soy tuya.

—No Miranda, fuiste suya —digo en un hilo de voz.

—¿Qué significa eso para vos Santiago? No me contestes. Yo, voy a decirte qué significa para mí, ser de alguien.

Pretende embaucarme. Fue suya, estuvo con él. La desvirgó, fue quien le enseñó todo.

—Tuve muchos novios en Azul. No te lo niego.

¿Muchos? ¿Cuántos? ¿Cuántos tarados más tengo que sumar?

—Solo con Gonzalo tuve intimidad. Pero no fui suya. No fui de nadie hasta que te conocí.

—Miranda… —digo, pero me calla con un beso suave.

—De nadie Santiago. Con nadie me sentí tan deseada como me siento con vos. A nadie quise y deseé tanto, como a vos. A nadie le estaría dando explicaciones, muerta de miedo porque me deje, como te doy a vos en este momento.

—¿Dejarte? —me confieso— Yo no puedo dejarte Miranda. Puedo morirme de celos, pero no puedo dejarte.

—Mirame Santiago. Mirame a los ojos. ¿Me ves? ¿Ves lo que siento? ¿Ves mi terror? ¿Ves mi desesperación porque me creas, porque entiendas que el cumpleaños de mamá, Gonzalo y cualquier otra mierda, me importan un carajo? Solo me importás vos. Tu tranquilidad. Necesito que estés seguro que yo soy tu Miranda, y nada, ni nadie puede hacer que eso cambie.

La siento en mis rodillas. La beso con pasión. Me muero por ella.

—Santiago… —dice en mis brazos relajándose, susurrando y agarrándose fuerte a mi cuello—: No llegaba nunca a la oficina. El taxi no terminaba de abrirse paso entre los autos y el nudo en la garganta me asfixiaba. Fue imposible llegar antes. Creeme si te digo que no fui a festejar y que a Gonzalo lo planté en la escalera de la facultad. Me moría si no me entendías. Me muero si no me crees.

—No hables Miranda. Lo que sentiste, es lo que sentí hasta hace unos segundos.

—Lo sé. Sé lo que te pasa cuando me miran. No quiero imaginar lo que viviste, teniendo enfrente a Gonzalo. Reconoceme que tengo buen gusto.

La mato, la estampo contra la pared. Ahora sí que la… Si no deja de besarme así, no puedo.

—¿Cuándo me pensabas contar lo del cumple de tu madre?

—Cuando encontrara la solución.

—Y como no la encontrabas, ¿decidiste no ir?

—Pensé en secuestrarte y llevarte escondido en la avioneta, retenerte allí hasta que todo termine y regresar. Pero me hubieras desintegrado en medio de un juicio por privación ilegítima de la libertad.

Sabe convencerme. Está usando el humor, para sacar dramatismo al momento. Pero en el instante mismo en que vi su miedo a que rompiéramos en lugar de vanidad, sentí ternura y alegría. No quiero que sufra, muchos menos pensando que el recuerdo de un *stripper* sin neuronas, puede haceme imaginar, que lo considero competencia. Miranda es mía. Hoy y para siempre. Porque no voy a dejar que ningún pelotudo me la dispute y porque voy a hacerla tan feliz, que no querrá vivir si no es a mi lado.

Capítulo 15

Tomo el llamado de Cristina, en mi celular. Es raro que me llame ella. Del estudio de Lasalle, o me llama él, o su socio, pero Cristina jamás.

—Santiago, tengo que hablar un momento con vos.

La noto preocupada. ¿Habré contagiado a Miranda?

—¿Pasa algo con Miranda? ¿La contagié?

—No es eso. Se trata de Miranda, pero no de su salud. Es sobre su familia que te quiero hablar.

—Miranda ya me dijo que son un poco retrógrados. Quedate tranquila, que voy avisado.

—Mirá Santiago, no tendría que meterme, pero para mi amiga esto es difícil de manejar. Nosotras los conocemos, pero vos no tenés ni idea.

—No será para tanto.

—Es para más. Su madre es fría, distante. No tiene con Miranda el trato normal de una madre con su hija. El padre es un déspota, acostumbrado a mandar y que le hagan caso. Los hermanos son… machistas, criados a la usanza del padre. El menor un poco menos, pero se le notan los genes igual.

—¿No se te va la mano? —estoy convencido que me exagera para dorarme la píldora y que yo acate los mandatos de los Serrano.

—No. Para Miranda, tomar la decisión de venirse a Buenos Aires y alejarse de ellos, fue muy difícil, casi recurre a un juez. Decí que mis padres dijeron que viviríamos juntas, y que no estaría sola. A Fernando lo aleccionamos para que delante de ellos, trate de no demostrar su…, su elección sexual. El padre de Miranda lo catalogaría de enfermo.

—Estás sumando miles de motivos para que los meta presos, empezando por discriminación y no quiero ni decirte, cuántas más puedo contar.

*****

Faltan solo cincuenta kilómetros, y en cuanto los recorramos, todo el despliegue de mimos y caricias tienen que limitarse por obligación.

No quiero pelear con mi madre, mi padre, mis hermanos y cuanto pariente se me acerque este fin de semana. Tengo terror de llegar.

Santiago parece tenerlo claro. Se pasó todo el camino regalándome caricias, con la excusa que al llegar me convertiré en la mujer prohibida.

Me causa gracia el mote de mujer prohibida. Justamente yo, que soy absolutamente accesible para él. Tengo que encerrar el zoológico que vive en mí, desde que lo conocí, durante el fin de semana.

Toda mi familia será un problema, eso ya lo tenemos claro los dos. Gonzalo vendrá como todos los años, y su familia, y las amistades de siempre, y Pedro y…

No será fácil. Es una prueba demasiado dura para un hombre tan celoso como Santiago.

Demasiado dura para alguien como yo, que odio tener que dar explicaciones. Odio ocultar los hechos. Santiago es mi hombre y yo soy su mujer, sin embargo lo obligo a someterse a las antiguas normas de los Serrano-Ledesma y su mundo. Si no lo hacemos, corro el riesgo de arruinar el festejo de mamá y que las puertas de la estancia, se cierren para siempre en las narices de Santiago. Tendré que dar explicaciones. Mamá no comprenderá cómo en tan poco tiempo, él se convirtió en mi vida.

«No debimos venir».

El auto toma la curva tras la cual, el camino de pinos y eucaliptus, nos regalan un poco de su fría sombra, acompañándonos hasta la rotonda de ingreso al casco.

—Tomá el camino que se abre hacia la izquierda de la casa. Por allí vamos al galpón del garaje.

Mientras sigue mis indicaciones, va agachándose un poco para observar mejor, la gran casona que desde mis bisabuelos, es la envidia de la zona.

—No puedo creer que prefieras vivir en tu departamento en lugar de estar aquí —dice sorprendido.

«No tenés idea de lo que es vivir acá», pienso, pero no se lo digo. Tal vez con él sean un poco menos retrógrados. La esperanza es lo último que se pierde.

—Buen día señorita Miranda, bienvenida. —Juan el capataz, nos saluda y yo salgo del auto para estrechar su mano.

—Juan. ¿Mi familia está en la casa?

—Su madre señorita —dice esperando que le presente a mi compañero. Pero lo eludo. No tengo porqué arrancar con él.

Recorremos, camino a la casa, el mismo sendero que hicimos para llegar al garaje. Mis pasos son lentos. Santiago me tiene tomada de su mano. El frío de Junio me atrapa, o tal vez lo que me atrapa es el miedo.

—Tranquila. Empiezo a pensar que no querés que los conozca.

Me conoce y me detecta.

—No sos vos Santiago. Son ellos.

Me da un beso suave en los labios, para tranquilizarme.

—¡Miranda!

Matías, el segundo de mis hermanos nos ve besándonos. Quedo dura en el lugar. Recobro el aire y los presento:

—Santiago, te presento a mi hermano Matías.

Se estrechan las manos. Puedo darme clara cuenta, que el escáner con *rayos x* de Matías, comenzó a correr.

—Santiago es mi novio —aclaro, mientras le doy un abrazo y un beso en la mejilla, a manera de saludo.

—Un gusto. Pasen, me estaba yendo —nos dice sin acompañarnos.

Dejo los abrigos en el armario de la recepción, tomo aire y sin rozar a mi novio, pasamos a la sala. Delfina Ledesma de Serrano, mi madre, está sentada en el sillón frente al ventanal.

—Miranda, querida, llegaste.

Abrazo a mamá, que observa a Santiago con la misma mirada escrutadora que Matías.

—Veo que está mejor —le dice.

Él, le tiende la mano envuelto en su hermosísima sonrisa. Mamá asombrada, le responde con educación.

Llama al servicio para que nos sirvan un té, mientras nos invita a sentarnos.

—Santiago, hice preparar un cuarto para que se acomode. ¿Dejaron sus cosas en el auto?

Dios, ya empezamos, no llevo acá ni cinco minutos.

—Las dejamos en la entrada. No se haga problema. Espero no causarle molestias.

Es imposible negarse a esos ojos y esa sonrisa. Creo que hasta mamá caería en ellas.

—Ninguna molestia. Las amistades de mis hijos siempre tienen un lugar en mi casa.

«Novio mamá. Ningún amigo. NOVIO».

—Según entiendo, hace poco que se conocen.

—El suficiente mamá. —Tengo que cambiarle el tema— ¿Dónde están todos? ¿Los nenes?

—Papá fue a buscar a la tía, Martín debe estar trabajando en el pueblo. Creo que Matías fue a buscar a Cecilia. Espero que dejen dormir hasta tarde a los chicos, sino en la noche no podrán mantenerse en pie.

No se le escapa nada. Todo está bajo su mirada y control. Desconoce el apellido de mi novio y se lo pregunta.

—¿Albarracín? ¿De los Albarracín de La Pampa?

Mamá trata de encontrar el linaje de mi abogado.

—No creo Señora. Mi familia es de Buenos Aires; citadinos hasta donde puedo saber.

—¿Le gusta el campo?

—No puedo asegurarlo, lo máximo que me acerqué a la naturaleza es en el jardín de mi madre.

Vas mal Santiago. Haciéndole bromas así, vas mal. Será mejor que vuelvas a la sonrisita seductora.

—Ya veo. Bien de ciudad. El campo tiene grandes atractivos Santiago. La ciudad es demasiado estresante.

—Bueno… seguramente. Tendré que venir más seguido para emitir una opinión.

El motor del *Jeep* de papá, da por terminada la encantadora charla. Mamá se levanta para ir a buscarlo a la puerta. Seguramente para advertirle, que "la nena" trajo al "amigo" de la ciudad.

Aprovecho para acercarme un poco a él, que quedó casi en la otra punta del salón. Por alguna razón, ante la presencia de mamá, fuimos alejándonos.

—Tranquilo cielo. Va a ponerse peor, te lo aseguro.

Me acaricia la mejilla con su dedo pulgar y se me erizan todos los pelos. «Fuera gata», pienso.

—¿Dónde estás Miranda? —se oye la voz de Agustina desde la entrada— Tu tía preferida llegó.

Adoro a tía Agustina. Quedó soltera porque su prometido murió antes de que pudieran fugarse. Él era hacendado como papá, pero divorciado. Mis abuelos pusieron el grito en el cielo, Agustina pensaba fugarse con él a Montevideo y casarse allí. Antes de que pudieran hacerlo, su novio murió en un accidente. Desde entonces es el alma rebelde de los Serrano.

—Tía, acá en el salón.

Entra sin mirar a nadie más que a mí. Nos estrechamos en un cálido abrazo. Me separa un poco tomándome ambas manos y me observa de arriba abajo.

—Estas encantadora Miranda. ¡Qué pena que no estuve acá en tu anterior visita! No te veo desde las fiestas.

—Tía, te presento a Santiago Albarracín, mi novio.

Gira buscándolo. Queda con la boca abierta al verlo. Santiago, seguramente feliz de encontrar por fin alguien cálido, tiene esa mirada dulce y cariñosa. Se acerca a ella tendiéndole la mano, y la tía lo estrecha en un abrazo. Mientras lo tiene en esa posición, me guiña un ojo, en señal de aprobación. Me ruborizo, sobretodo porque en la puerta ya están mis padres esperando.

—¿Doctor Albarracín? —suena la voz de papá, con gesto adusto, mientras le tiende la mano a regañadientes.

*****

El clima está demasiado tenso. Realmente son muy fríos.

La madre es hermosa. No me había dado cuenta cuando la conocí. Miranda tiene a quien salir. Lástima su mirada altiva y dura. Viéndola, puedo recordar la actitud de mi novia, cuando recién la conocí. Debe sacar de ella esa postura de constante desafío. Gracias a Dios, mamá es diferente. Hincha, sobreprotectora y seguramente igual de celosa. Pero mucho más cálida y se comporta mejor. Sabe ser anfitriona. La tía me cae de primera. Me lanzó una mirada pícara en cuanto Miranda nos presentó. No me animo a decir que me echó el ojo, es una señora grande, pero casi.

—¿Doctor Albarracín?

—Señor Serrano —digo al padre de Miranda, y nos estrechamos la mano.

Lo conozco, sé que lo conozco, pero no recuerdo de dónde. El tipo es grandote, parco, tiene el ceño fruncido, diría que parece… preocupado.

—Sentémonos —propone la única de la familia que hasta ahora me cae bien, aparte de Miranda—. Así que es abogado. ¿Mucho trabajo? ¿Hay mucha gente peleándose últimamente? —me pregunta. Sé que trata de darnos una mano.

—Sí. Mucho trabajo. Por lo general yo me muevo en fueros comerciales dentro del estudio y en estos tiempos ese campo está movido.

—¿Hay más abogados?

—Sí. El dueño del estudio trabaja más que nada en litigios de familia. El otro abogado, que es su hijo y mi amigo, está conmigo en comerciales.

Serrano toma la mano de Delfina y juntos salen de la sala, disculpándose. El aire ahora es menos denso.

—¿Penales no hacen?

—Salvo que se trate de un problema de algún cliente en especial, no.

—Jamás me imaginé a Miranda dentro de un estudio de abogados. Ella es… arte caminando —dice moviendo sus manos con gracia.

—Bueno tía, miralo a Santiago. Él es una obra de arte y es abogado —dice con dulzura mi novia y estoy a punto de partirle la boca con un beso, cuando los censores, regresan.

Miranda y su madre entablan una batalla de miradas. La tía trata de distraerme. Serrano, me observa callado, sigue con el ceño fruncido. Esto va a ser más difícil de lo que pensaba.

—Mamá —interrumpe Miranda—, ¿qué cuarto le das a Santiago? Así se lo muestro y puede refrescarse.

—Le dio el cuarto azul —contesta el padre, antes de ordenarme—: Santiago, pase a mi escritorio. Quisiera cruzar dos palabras con usted.

Miranda se para como si grandes resortes la impulsaran. Agustina hace un gesto de disgusto y la madre no le quita la mirada a mi novia.

—Por supuesto, indíqueme el camino —digo serio y convencido de que será todo lo padre de mi novia que quiera, pero yo las tengo bien puestas.

«¿De dónde lo conozco?»

Entramos a una sala enorme, tradicional, con muebles de roble y pesadas cortinas. En la pared, decenas de diplomas con premios en concursos bovinos y fotos antiquísimas de lo que debió ser la estancia antes.

—Tome asiento —indica mostrándome una silla del otro lado de su gran escritorio.

—Sé que lo conozco, pero no puedo darme cuenta de dónde —soy sincero y me entero que mi memoria falla un poco, pero no tanto.

—Lezcano contra Serrano, hace unos años.

¡Claro! Ahora me acuerdo, litigio por paternidad. ¡Dios! Él era el Serrano demandado. Un caso de Manuel, en el que yo ayudé en mis inicios. Lo hicimos pomada. Una pobre chica inmigrante, le reclamó el apellido y manutención para su hija.

«Mirá vos al altivo y santurrón Serrano».

—Ahora recuerdo bien. ¿Qué es de la señorita Lezcano y su hija?

—Regresaron a Paraguay. No mantengo contacto. Pago las cuentas solamente.

—Ya veo.

—En mi casa, solo mi mujer está al tanto. Y así seguirá siendo. ¿Me entiende?

Espero que eso no haya sido una amenaza. Es lo único que me falta para abrochar el día.

—Señor, no vine en carácter de abogado, ni soy la conciencia de nadie. Pero tenga en cuenta que su hija es mi novia. No suelo ocultarle cosas. No creo que le guste saber que estoy al tanto de que tiene una hermana y no se lo diga.

Serrano apoya sus dos puños en el escritorio y se para acercándose todo lo que puede a mí. Lo imito, plantando mis dos manos igual que él, mirándolo fijo. Nos separan centímetros.

—No pretendo que lo haga hoy, es el cumpleaños de su esposa. Pero antes de que nos vayamos, usted deberá sincerarse con Miranda, de lo contrario lo haré yo. ¿Alguna otra cosa?

—¿Quién mierda se cree que es, para venir a mi casa a ponerme condiciones?

—Ninguna condición. No voy a ocultarle a mi mujer nada, ni por usted, ni por nadie.

—¿Su mujer?

—Mi novia, la mujer que amo, la que seguramente será mi esposa y madre de mis hijos. No comenzaré mi vida con ella, envuelto en secretos ajenos.

—Ni se conocen y ya se creen enamorados.

Quisiera romperle la cara de una trompada. El tipo es insufrible.

—¿Alguna otra cosa?

—Retírese —me vuelve a ordenar.

Me doy media vuelta y salgo en busca de ella. Hago sonar todos los huesos de mi cuello y estiro los brazos, aflojando tensiones. Me encuentra en el camino.

—¿Duro?

—Para nada. Tu padre y yo, mantuvimos una pequeña charla. ¿Dónde está el cuartito azul?

Se ríe, pero sé que desconfía de lo que le digo.

Me lleva por las escaleras tomándome del brazo. Muero por besarla. En el recorrido, mi guía preferida me va comentando a quién corresponde cada habitación. ¡Es una tremenda casona!

—Ese es mi cuarto —indica y me introduce en un mundo en tonos rosa pastel, con muebles de madera blancos.

Es cálido y un poco infantil. Sobre una pared hay una gran vitrina con una colección de muñequitas con vestimenta típica de distintos países, jueguitos de té chinos e ingleses, debajo de la ventana una biblioteca y junto a ella una coqueta mesita con un silloncito.

—Tu cuarto es muy bonito. Te imagino de nena jugando con todas esas muñecas.

—Borralo de tu mente. Todo lo que está en la vitrina era para exponer. No me dejaban jugar con nada de todo eso. Solo mirarlos.

«Pobrecita —pienso—, con razón están en perfecto estado. Creo que el único juguete sano que puedo llegar a tener en casa de mamá, es el *Mercedes* de colección que yo no le prestaba a nadie, ni a mí mismo».

—¿Con qué jugabas cuando eras chica?

—Tenía otras muñecas, pero las gasté. Además me gustaba más andar entre los animales. Yo también era medio salvaje —me dice con una carita tímida que no puedo resistir y la abrazo contra mi pecho.

—¿Te muestro el cuartito azul?

—La verdad es que después del viaje me gustaría darme un baño. Pero me encanta estar acá con tu pasado. Trato de encontrar un diario íntimo, la foto de algún ex…

Desde el exterior sentimos los gritos de un sinfín de críos que llaman a Miranda. Ella me suelta, abre la ventana de su cuarto y les afirma que baja de inmediato.

—Te muestro tu cuarto y bajo a saludarlos. ¿Dale?

—No Miranda. Los saludamos juntos.

Eso me sumó puntos. Puedo verlo en su sonrisa. Sé que sus sobrinos la pueden. ¡Y me salió sin pensarlo!

En la escalera nos los cruzamos. Son como cien, que se enredan en las piernas de Miranda. Le agarro un brazo como puedo. Tengo miedo que me la tiren por las escaleras abajo, pero la verdad es que me resulta divertido ver tanta alegría en su cara.

—A ver desastres, un segundo. Bajemos a un lugar seguro. Les quiero presentar a alguien —casi no puede ni hablar con tanto chico colgado.

—El señor es el Doctor Santiago Albarracín. Mi novio.

¡No lo puedo creer! Son seis críos. Dos nenas, que no deben tener más de cuatro años, pero me lanzan unas miradas seductoras increíbles. ¿Aprenden de chiquitas?

Los otros cuatro son varones, el mayor tendrá ocho años. Me parece que con ellos me gané nuevos adversarios.

—Si trajiste a tu novio no vas a bailar con nosotros —reclama el mayor.

—Bueno… creo que puedo prestarla un par de piezas —digo conciliador. Soy abogado—. Pero no me la acaparen ¿de acuerdo? —eso tiene que quedar bien en claro.

—Yo puedo bailar con vos si querés —me propone la pulga más chiquita. Juro que me la llevo conmigo a Buenos Aires.

—Ya está bien. ¿No llegué y ya reclaman? Vamos afuera, quiero ver si cuidaron bien de sus ponis.

Salimos rumbo a la caballeriza. El lugar es inmenso. Cada uno de los chicos tiene su proyecto de caballo en casa de sus abuelos. Son cariñosos con los animales y puedo darme cuenta que Miranda tuvo mucho que ver en eso.

—Te encantan los animales ¿No?

—Me fascinan. Tengo dos caballos, uno es de salto. Están al fondo de la caballeriza. Y además los perros.

—No me presentaste a tus perros.

—Deben estar en el campo. Son pastores y trabajan duro. En cuanto vengan, no te van a dejar acercarte a mí. Son muy celosos.

—¿Será que todos lo que estamos cerca tuyo terminamos siendo así?

Se ríe. Su risa me llena el pecho.

—Vamos, te enseño tu cuarto.

Miranda me deja en la puerta misma de la habitación que me asignaron, un piso más arriba que el de ella. Se llama azul, obviamente, porque está decorado en ese color. Apoyo mi bolso sobre un silloncito y me dispongo a darme un baño. Son cerca de las siete y la fiesta comienza en un rato. Menudo sábado, fue más lindo el de Uruguay.

Capítulo 16

—¿Estás contenta? Salvo que sea de un circo y se trepe por las paredes, dudo que tenga acceso a mi cuarto —increpo a mamá con furia, aprovechando que estamos solas en su cuarto.

—Te dije que les daba cuartos separados.

—Es mi novio.

—En mi casa, cuartos separados o nada.

—Explicame mamá, ¿qué es tan terrible? ¿Qué esté de novia? ¿Qué lo traiga?

—No me ofusques. Es mi cumpleaños y ya me lo arruinaste.

—¿Te lo arruiné? No me voy de acá hasta que me expliques —digo sentándome frente a ella.

—Estás discutiéndome sobre lo que ya sabés que para mí no es negociable. ¿Lo hacés a propósito?

—¡No! Pero estuviste con nosotros, sabés que nos queremos, me viste cuidarlo…

—Y todo eso quedó entre vos y yo. Guardado bajo siete llaves, como nuestra conversación antes de que él llegara. Acá está toda la familia presente.

—Voy a dejar que te arregles y hacer lo mismo. No quiero ser la causante también de que llegues tarde a tu propio cumpleaños. Mañana después del desayuno me voy. Si a futuro querés que vuelva, preparanos un solo cuarto, porque solo voy a volver si nos considerás como la pareja que somos. De lo contrario abstenete.

La dejo con la boca abierta.

Cuando Santiago salió del escritorio de papá, con cara endurecida, supe que lo pasó mal allí dentro, y a mí no me fue mejor con mi madre. ¡Dios, qué familia!

Estoy lista. Traje el vestido que usé en el cumpleaños de Salerno padre, pero esta vez lo completo con tacos y un chal negro para abrigarme. En el salón no hará frío, pero seguro mi novio querrá fumar y para eso deberá salir a la terracita.

Abro la puerta de mi cuarto, Santiago me reclama afuera.

—Miranda estás hermosa —me dice mientras me recorre. Es tan increíblemente atractivo, que me cuesta mantenerme en estos altísimos tacos, sin caerme redonda al piso.

Me besa suave y me retuerzo. Demasiada abstinencia para mi gusto. Creo que él lo comparte.

—Cuando te vi bailar con ese vestido en la fiesta de Manuel, quería abrazarte, besarte y espantar a todos los moscardones que te rondaban.

—Perdoname cielo, no pensé que mi vestimenta te traería malos recuerdos.

—No son malos Miranda. Tengo todo lo que ese vestido me hace desear. No dudo que en cuanto bajemos voy a encontrar también, nuevos moscardones. ¿Ves? Cumplís todos mis sueños. Será como un *déjà vu*, pero ahora el que te tendrá en sus brazos, seré yo.

Pasa su mano por mi espalda por debajo del chal y ruego que pare o mi madre morirá hoy de un infarto y es su cumpleaños. Mi mente me ordena alejarlo, pero la desobediencia de mis manos, tomando decisiones propias, lo indagan por donde más le gusta sentirme. Quiero matarme al darme cuenta de la batalla interna que está manteniendo, por cumplir las estúpidas reglas de mi familia.

—Perdón. No pude evitarlo. Te prometo que en cuanto la parodia termine, voy a compensarte.

—En tu escritorio de la oficina —dice con voz ronca.

—Es un trato justo. Pero primero averiguá cómo desconectar las cámaras.

Entrecierra un poco los ojos, tuerce los labios en una *semisonrisa*. Ya debe saber cómo desconectarlas. No me cabe duda. Sonrío también. ¡Lo quiero tanto!

Llegaron pocos invitados. Mamá no bajó aún. Las mujeres desnudan ofensivamente a Santiago, con sus miradas.

«Es mío, manga de hipócritas necesitadas de un buen amante».

No puedo creer tanta desfachatez. Me han gustado hombres, pero jamás se me hubiera ocurrido intentar seducirlos frente a sus parejas. ¡Serán idiotas!

Lo llevo muy orgullosa del brazo, en tanto voy presentándolo. Santiago es la mar de correcto y agradable con todos. Deja un reguero de babosas en nuestro camino, y el incontenible deseo de acogotar a cada una de ellas, me invade. Su mano ahora está en mi hombro y no la saca de ahí. No sé si soy su bastón ante tanto acoso femenino, o si lo hace para mostrarme como su posesión ante los hombres. No me había fijado en la mirada de los hombres. Por suerte los Aranguren no llegaron.

Le presento a mis cuñadas. Analía, la esposa de Martín, es una pacata que todavía no descubro cómo hizo para tener cuatro hijos. Pobre mi hermano, ¡se pierde de tanto!

—¿Dónde está Martín? —pregunto a la pacata.

—En el porche, recibiendo solo, a los invitados.

Su respuesta me deja en claro, que considera que yo debería estar acompañándolo. Pero no quiero correr el riesgo de recibir a Gonzalo. Voy a tratar de evitarlo todo lo que me sea posible.

—Cuando una mujer tiene ese carácter, no dudes que su pareja tiene mucho que ver —susurra el dueño de mi adorable humor en mi oreja, haciendo referencia a mi cuñada. Contengo la risa. No quiero que Analía se percate que conocemos tanto de su intimidad.

De pronto se tensa, lo miro y descubro que está clavando la mirada en dirección a la puerta. Los Aranguren llegaron. Analía nos deja para reunirse con los suyos y nos quedamos con Cecilia, la mujer de Matías.

Cecilia me cae un poco mejor. Ahora sé, que a ella, el que le cae de primera es mi novio. ¡La muy descarada! Si la viera mi hermano, embobada con mi abogado. Pero él ni se entera, sigue tenso mirando a Gonzalo.

—Ya están por bajar, acerquémonos al pie de la escalera —avisa Matías tomando del brazo a su mujer, y nos preparamos para recibir a mamá.

Está espléndida en su nuevo vestido color esmeralda. Trae puestos los zafiros que le regaló papá este año. Baja las escaleras del brazo de él, con tanta elegancia, que todos parecemos pobres seres salidos del corral. Vamos besándola por orden, los hijos, mis cuñadas y Santiago. Luego el resto de la familia y amigos.

Los chicos corretean entre la gente y los camareros se molestan por tanto obstáculo de menos de un metro. El acostumbrado vals preferido de mamá, suena en los parlantes. Los anfitriones se acercan para bailar al centro del salón y demostrarnos a todos, lo bien que lo hacen después de más de treinta años juntos. Santiago me toma por la cintura, y apoya mi espalda en su pecho. Me da suaves besitos en el pelo meciéndome al son de la música. Rodeo sus brazos con los míos. ¡Dios! Necesitaba un poco de calor y afecto.

Martín y Matías sacan a bailar a sus esposas y Santiago a mí. Somos cuatro parejas dando vueltas por el salón como una familia unida, cariñosa y alegre. Mamá disimula perfectamente ante los invitados, el disgusto que le causé.

—Mi turno sobrina, prestámelo un ratito.

Agustina me roba la pareja. Él acepta el cambio. Le regala una sonrisa que tiraría un álamo y la lleva por el salón casi en andas. Me río al verlo. Es tan lindo, tan galante cuando quiere.

—¿Será mi turno?

Giro de inmediato, reconociendo su voz.

—Ya bailé Gonzalo, gracias.

—No podés negarme un baile en el cumpleaños de tu madre. El año pasado éramos el centro de las miradas.

—El año pasado, ya pasó.

—Me guardás rencor.

—No te guardo rencor. Gracias a Martín y Analía, somos casi familia. Pero no quiero bailar con vos.

—Tal vez tengas miedo de estar otra vez en mis brazos.

Su tono es altivo, su mirada vanidosa.

—¿Cuándo te convertiste en este ser tan despreciable Gonzalo? Hace años eras agradable, confiable.

—Vos me convertís en esto. ¿Qué hacés con él? Vos sos mía Miranda. Mía. Yo te hice mujer. Soy yo quien te hace gemir. ¿Te acordás como gemías? ¿Te acordás cuando me pedías por favor que te tocara?

Trato de irme, pero me toma del brazo. Busco desesperada a Santiago, ruego que no esté viendo la escena o el cumpleaños de mamá terminará antes de lo previsto.

—Soltala Gonzalo... No te lo voy a repetir —gruñe Matías, sacándole la mano de mi codo— Te lo advertí y veo que no me escuchaste.

La mirada de Matías es severa, en tanto la de Gonzalo se nubla de furia.

—Te vuelvo a ver cerca de Miranda y no te dejo diente sano. ¿Me entendiste?

Trato de calmar a mi hermano. No entiendo mucho por qué está tan molesto y me pregunto cuánto sabe de lo ocurrido entre nosotros. Gonzalo se aparta y antes de que Cecilia se nos una, Matías me da una rápida lectura:

—Si tenés algún problema con él, me avisás.

—La verdad, me sorprende como lo trataste.

—Gonzalo con un par de copas de más, no sabe guardar su vida íntima.

«¡Horror! Se lo contó».

—Tranquila Miranda. Ya en su momento le partí el labio. Solo lo sé yo. ¿Por qué te juntaste con él el otro día?

—¿Eso te dijo? No fue así. Vino a la Facultad a buscarme y lo dejé plantado allí.

—Espero que el doctorcito no te trate de la misma manera, o te lo despedazo. Con él no tengo porqué cuidarme.

—Santiago es muy distinto Matías. Tal vez igual de celoso, pero me quiere bien.

Mi hermano me regala una sonrisa que me llena de esperanza. Tal vez entre los míos, exista alguien cuerdo. Cecilia lo atrapa otra vez. A ella le encanta bailar y se lo lleva a la pista. Veo a Santiago que regresa a mí, algo acalorado después de tantas vueltas con la tía y le sonrío. Me encanta tenerlo cerca. Afortunadamente estuvo fuera de lo ocurrido recién.

La noche va transcurriendo. Soportamos un par de preguntas inquisidoras de amigos de mis padres, miradas envidiosas de mujeres y algún que otro bufido de mi doctor, cuando se da cuenta que algún hombre me mira. Pero dentro de todo, Gonzalo está a varios metros de nosotros, con Pedro tan solo cruzamos un saludo de cortesía y la noche va pasando casi en paz.

Estoy bailando en los brazos de Santiago y siento que no hay nadie a nuestro alrededor. Su contacto es mi placebo, su perfume mi aire, y su mejilla contra la mía, la paz que calma mi corazón. Quiero tenerlo así siempre y ruego que él sienta lo mismo.

—Te amo Miranda Serrano.

Me paralizo. Jamás me lo había dicho estando consciente. Sí en medio de la fiebre, pero entonces estaba enfermo. Lo miro a los ojos y descubro su sinceridad. Me importa un cuerno el cumpleaños de mi madre, mis padres, hermanos, sobrinos y toda la estúpida gente que nos rodea, y lo beso entregada, colgándome en su cuello.

—¿Si lo repito me gano otro beso de esos?

—Cada vez que lo digas te vas a ganar un beso así. Tal vez hasta pueda mejorarlo.

Su cara iluminada por tan hermosa sonrisa, me derrite.

—Señorita Miranda, eso es muy prometedor. ¿Usted cree que podríamos escaparnos a algún granero..., o tal vez a su cuarto, en este momento?

Me doy cuenta que estamos en medio de una fiesta y hago un gesto negando, con mucha pena. El *show* que acabamos de dar, no pasó desapercibido para nadie.

Mi sobrino mayor, reclama su baile.

—Doctor, ¿cree que podrá soportar que le entregue esta pieza al caballero, sin que usted se meta en problemas?

Santiago baila disco con Agustina. Se los ve distendidos y disfrutando. Lleva una mano a su boca para tirarme un beso, y mi tía lo conduce hacia mí.

—Te lo dejo ahora, porque si sigo bailando con él, no te lo devuelvo.

—¿Tendría que ponerme celosa doctor?

—Tu tía es una genia. Tiene el espíritu de una quinceañera.

Sé que Agustina lo hizo para que no se quede solo y a merced de cualquiera que intentara importunarlo. Pero aun así, planteo:

—Tranquilo, que yo también puedo ser celosa…

Se ríe, ladea la cabeza y parece un nene que olvida rápidamente un juguete, ante un cucurucho de helado de chocolate.

—¿Saliste a fumar?

—No te digo Miranda, que tu tía no me dio respiro.

—Te acompaño afuera, así fumás un cigarrillo y te alejo de las garras de la vampiresa.

Por suerte traje el chal, hace frío y me envuelvo en él. Santiago prende un cigarrillo y me abraza para darme calor. Estamos frente a frente, yo pongo mi cabeza en su pecho y siento que llegué a casa, a mi lugar, a mi hogar. Sus brazos.

—¿Cumpliste con todos los galancitos?

—Sí.

—Bueno, ahora es mi turno.

*****

Tiembla como una hoja, dudo que sea por el frio. La tengo atrapada entre mis brazos, pero no logro templarla.

—Cuando bailábamos, me dijiste que me amabas. ¿Es el efecto del baile o de mi familia?

La separo un poco solo para poder mirarla a los ojos.

—Es el efecto Miranda Serrano.

—Santiago yo…

—No digas nada. Que yo te ame, no es obligación para que sientas lo mismo —pretende taparme la boca con su dedo. No la dejo—. Es imposible no amarte Miranda. Y no lo digo por el minón infernal que sabés que sos. Me tenés atrapado, completamente entregado.

—Yo te amo, desde aquel beso en el ascensor de casa —dice.

La aprisiono contra la pared, interponiendo mi mano para que no se lastime, pero muerto de pasión. Mi boca atrapa la suya, mi lengua deseosa toma vida propia. Me rodea el cuello y se aplasta a mí, trepándose con una de sus piernas. Ardo en deseo y sé que le pasa lo mismo.

—¿Dónde Miranda? —susurro casi sin aliento—, ¿dónde?

—Esta noche no —recobrando la calma—. Perdoname, se lo prometí a mamá.

¡No puede dejarme así! No después de decirme que me ama y responder a mí beso de la manera en que lo hizo. Cristina tenía razón, la familia es peor de lo que me contó. Pero soy un hombre y hay límites para todo.

—No puede ser. Me voy a desintegrar.

Se ríe divertida. Yo no le encuentro ninguna gracia. Hablo en serio.

—Vamos a bailar, desperdiciaste tu cigarrillo.

Me introduce en la fiesta como a un tonto que es incapaz de imponer su voluntad.

¿Dónde quedó el Santiago Albarracín que vivió conmigo estos años?

Pasamos junto a Gonzalo. El tipo me cae peor que aquel día en mi oficina. Abrazo a mi novia mientras bailamos, como para que se entere. La mamá de Miranda no nos quita los ojos de encima, pero ahora me parece que nos censurara menos.

Martín baila con su mujer, dejando no menos que un abismo entre ellos. Matías es menos frío, pero igual guarda distancia. Yo, en cambio, tengo a mi novia bien pegada a mí. Y al que intente interponer una pluma entre nosotros, se la hago comer.

Con Martín no crucé más que el saludo. Con Matías hablé un par de palabras. Me cayó un poco mejor después de eso:

"Mi hermana merece que la cuiden. Si le hacés daño te mato." —Me dijo, y lo entendí.

"Yo también mato al que le haga daño." —Le dije y le gustó mi respuesta.

Quedan pocos invitados. Acompaño a Miranda, que con clase va despidiéndose de todos en el porche. La rozo con mi brazo. Guardo todas las composturas por ella. De tanto en tanto me regala su mirada tierna, tratando de agradecerme y yo me enciendo y peleo contra el tremendo deseo de hacerla mía otra vez.

—Nos despedimos acá. Ya sabés el camino a tu cuarto.

—Miranda por favor, decime que hay una forma de entrar por tu ventana.

—Tranquilo Romeo, mi padre se encargó de bloquear los accesos, te lo aseguro.

Pongo cara de pollo mojado, tal vez con eso la convenza. Pero Miranda se lo prometió a la madre y la muy villana piensa cumplir. Tengo que ayudarla, para ella tampoco debe ser fácil. La beso y camino hacia el cuartito azul.

Me tiro en la cama cansado. Agustina me dejó de cama. Tal vez sea un complot familiar para acabar conmigo esta noche. No me conocen, solo con pensar en ella, me repongo de inmediato.

Despertarme sin ella, es una mierda. Me acostumbré a tener su calor a mi lado. Siento la falta de eso y del mañanero, no voy a negarlo. Me ducho resignado, me visto, bajo hasta estar frente a la puerta de su cuarto y la llamo.

Los padres nos reciben en el comedor íntimo para desayunar. Delfina está diferente. Serrano me saluda, y al responder, le advierto sobre nuestro asuntito con la mirada. Me la mantiene firme.

—¿Los chicos ya se fueron? —Miranda pregunta por sus hermanos, que se quedaron a pasar la noche en la casa, pero no desayunan con nosotros.

—Se fueron todos temprano. Agustina todavía duerme —responde la madre y Serrano entrega un gesto de disgusto. Seguramente la actitud de su hermana no le cae bien. Yo, en cambio, hubiera preferido imitarla. Dormimos muy poco. Qué manía la del campo, de madrugar. ¡Hoy es domingo!

El desayuno sí que está bueno. El pan y los dulces caseros, son exquisitos. Me sorprende todo lo que soy capaz de comer, cuando generalmente solo tomo café y jugo, ni bien me levanto. Quedo sumamente satisfecho y lo digo—: Delfina, el desayuno está buenísimo.

La mujer me responde con una leve sonrisa.

—Miranda —dice el padre—, ¿por qué no te compraste el auto?

—Ya te dije que cuando yo pueda me lo compro.

—Vos podés. Te deposité el dinero hace más de tres meses.

—Ya no está en mi cuenta.

Guau, si yo fuera ella, no lo hubiera puesto de tan mal humor.

—¿Qué hiciste qué? ¿En qué gastaste ese dinero?

—Lo traspasé a la cuenta de los nenes.

La madre casi larga una carcajada, pero el visible enojo de su marido se lo debe impedir.

—Miranda, vení a mi escritorio. Tengo que hablarte a solas.

La veo irse tras su padre, pisando fuerte, segura. Pensará que la llama para retarla en privado, yo espero que sea para confesarse.

Quedamos Delfina y yo en el comedor.

—Miranda tiene mucho carácter.

—No me lo diga a mí. La padezco —alzo los ojos al techo mientras se lo digo.

—Usted sabe Santiago… que cuando Miranda regrese de hablar con su padre, vendrá destruida.

—Delfina, es un tema muy privado de la familia. Yo no quisiera…

—Escúcheme Santiago —interrumpe—, Miranda y su padre tienen mucho carácter los dos. —Piensa un segundo y se corrige—, todos en esta casa tenemos carácter fuerte. De mis hijos, Miranda debe ser la más discutidora.

—Gracias a Dios que soy abogado y sé defenderme —intento distenderla un poco. Pero es inmune.

—Así como le discute, también sé que admira a su padre. Miranda se revela siempre en pos de su independencia, pero le duele cada enfrentamiento.

—Lo sé Delfina.

—Cuando regrese de hablar con él, toda su admiración y respeto estarán destruidos. —Hace una pausa— Y ella también.

—Tendremos que contenerla Delfina —propongo, pero arma una mueca de duda.

—No recurrirá a mí Santiago. Vendrá enfurecida, con el corazón perdido y le ordenará que la lleve de regreso a Buenos Aires.

—Delfina, mi intención no fue esa cuando hablé con su marido. Pero no quiero perder la confianza que me tiene la mujer que amo.

Me clava la mirada—: ¿La ama realmente Santiago?

—La amo —enfatizo seguro.

—No la aleje de nosotros. Sé que tenemos costumbres distintas a las suyas. Que parecemos fríos y desamorados. Pero amamos a nuestra familia. No puedo vivir sin alguno de ellos. No puedo vivir sin mi hija.

Me acerco a la silla que dejó Miranda junto a ella y le tomo la mano. Por alguna razón sus palabras me conmueven. Pienso en mamá, me imagino lejos suyo y la comprendo.

—Delfina, mi padre murió. Tengo a mamá, mi hermana, mi cuñado y mis sobrinos. Los tengo, son parte mía. No le permitiría ni a Miranda que me aleje de ellos.

—¿Qué opina su madre de mi hija?

—La adora —digo largando una carcajada— La tiene tan incorporada que a veces dudo que se acuerde que su hijo soy yo.

Se ríe y cuando lo hace, pierde la pena que tenía hace unos segundos atrás. Creo que mis dichos le otorgaron alivio.

—Miranda es una buena chica. No se vayan Santiago, ayúdeme a recobrarla cuando termine de hablar con el padre.

Capítulo 17

—Si me trajiste para intimidarme por lo de la plata del auto, perdés el tiempo. Repasé esta conversación en mi imaginación miles de veces.

—Quiero hablarte de otra cosa. Pero por lo del auto olvidate. Te compro uno, te lo dejo en la puerta del departamento y no vas a poder negarte.

—El departamento lo acepté, pero el auto se va a pudrir en la puerta. Papá, dejame por favor que me haga sola.

—Terminémosla con el tema del auto.

—Ok. Ya te dejé en claro cómo serán las cosas. ¿Para qué querés hablar en privado?

Mi padre se sienta en el sillón, indicándome que haga lo mismo a su lado. Es raro, siempre peleamos con el escritorio de por medio. Si él también me va a poner reparos por Santiago…

—Miranda, soy un hombre… con necesidades de hombre…

Recuerdo la confesión de mamá en mi casa y un escalofrío me inunda.

—Me estoy poniendo viejo y supongo que eso me… alteró la razón.

—No entiendo.

—Hace unos años, necesité sentirme joven.

—Papá… —digo comprendiendo. Cuando quiere, sabe ir rápido al grano.

En mi mente, la charla con mamá y los dichos de él, debaten su importancia. El estómago se niega a digerir el desayuno y el miedo amenaza a brotar confundido en nauseas.

—Quiero a mi familia. No quise lastimarlos. Los hombres a veces somos débiles.

Sé que está midiendo mi reacción. Pero me mantengo callada, no puedo emitir ni una palabra. Así como me morí de pena al saber que mi madre jamás había disfrutado de un orgasmo, entiendo que él necesitara sentirse deseado por una mujer en la intimidad.

—De mi estupidez nació una nena.

¡Dios! Tengo una hermana.

—¿Cuándo? ¿Ahora? ¿Dónde está? Quiero conocerla.

Levanta las cejas. Desaprueba mis dichos. No lo reconozco.

—Tiene cuatro años. Vive en Paraguay con su madre. No la conozco.

—¿Qué? ¿Tenés una hija y no la conocés? ¿La madre te la niega?

—No.

—Explicame ahora mismo. ¡Explicame cómo puede ser que hace cuatro años tengo una hermana y no estoy enterada! Explicame por qué no la conocés —estoy furiosa.

—No es mi hija, no es tu hermana. Es una nena, fruto de un espantoso descuido.

Se para enfatizando sus palabras y camina por la habitación.

—No soy tu hija —le espeto en plena cara—. Te rechazo de lleno. No puedo ser la hija de un crápula.

—¡Miranda!

—Miranda una mierda. ¡Hipócrita! Nos refregás en la cara tu superioridad. Imponés normas retrógradas y nos exigís perfección, cuando sos el cobarde más desalmado que conocí en mi vida.

Por primera vez veo a Leonardo Serrano avergonzado. Quiero destruirlo.

—¿Por qué me lo decís ahora? ¿Quién más lo sabe?

—Lo sabe tu madre desde el primer momento.

Era por eso que mamá me dio a entender que lo comprendía.

—Manuel Salerno y Albarracín, fueron los abogados que la defendieron a ella en el juicio que me hizo…

Ya no lo sigo escuchando. En algún rincón de mi mente, oigo que pasa plata, pero solo puedo procesar que Santiago lo sabía y no me lo dijo. Salgo maldiciendo mi entrega al hombre que no se la merece, y a mi padre que rompió mi ilusión de ser feliz. Maldiciendo haber vuelto a creer que podía ser feliz con alguien. Maldiciendo haberme entregado sin ningún reparo a Santiago. Maldiciendo tener que darle la razón a mi madre.

—¡Todos! —grito entrando al comedor—. Todos ustedes me engañaron.

Clavo la mirada acusatoria envuelta en furia a Santiago. Papá detrás, trata de abrazarme, pero lo rechazo con la bronca saliéndome por cada poro. Santiago se para de inmediato y extiendo mi mano imponiéndole distancia.

—Vos… Lo supiste siempre, y me lo ocultaste.

—No Miranda, no es así —se defiende y acusa con la mirada a papá.

—De todo lo que escuché esta mañana, lo que más daño me hizo es tu ocultamiento.

—¡Miranda, no es así! —me grita el muy traidor.

Mamá me abraza con fuerza.

—Quiero la avioneta. Me voy.

—Miranda por favor. Sentate y hablemos— mamá llora y ruega. Sé que no es su costumbre, pero aun así, no puede hacerme cambiar de opinión.

—¡La avioneta! —grito—, o me voy caminando.

—Serrano, le exijo que le explique a Miranda.

Está furioso. Creo que va trompear a papá en cualquier momento. Papá no puede emitir palabra y Santiago se defiende de mi acusación:

—Miranda, cuando lo vi ayer no me acordaba de dónde lo conocía. En su escritorio él se encargó de sacarme las dudas. Jamás te lo hubiera ocultado y le exigí que te lo confesara él, o lo hacía yo.

—¡Vamos Santiago! Soy Miranda Serrano de Azul. ¿No te pareció demasiada coincidencia a vos, o a Manuel?

—Por Manuel no puedo hablar. Desconozco si unió los datos. Yo no los asocié. Recién empezaba en el estudio cuando fue el litigio. Era un caso de Manuel, yo solo colaboré con él.

—¡Cómo debiste reírte de nosotros estos días! Yo rogándote que te atengas a las normas y vos sabiendo lo hipócritas que son.

—No, mi amor. Mirame por favor. Lo mejor era que te lo dijera él. Con sus palabras y sus razones. Es tu padre.

—¡No! No soy hija de ese canalla.

—¡Miranda! —mamá trata de pararme.

—¿Cómo podés seguir al lado de un hombre que reniega de un hijo? —acuso a mamá y me suelta avergonzada.

—Te prohíbo que le hables así a tu madre.

—Vos a mí no me podés prohibir nada. ¡Te exijo conocer a mi hermana! Quiero su nombre y cómo localizarla. Quiero que reconozcas ante todo el mundo que ella existe. Hasta que lo hagas, no volveré a verte.

Mi padre muere en mi corazón. Mi familia se desintegra.

—Tranquilizate mi amor, por favor —me ruega Santiago pretendiendo abrazarme.

Miro a Leonardo Serrano y vuelo a encararlo:

—Destruyeron toda mi vida. Perdí en un solo día a mis padres y al hombre con el que por primera vez me sentí segura, viva e ilusionada.

Mamá llora desconsolada. Papá parado junto a ella se agarra los pelos. Santiago me suplica con la mirada.

—Te juro por lo que quieras, que lo que te dije es verdad —asegura.

Necesito creerle, necesito recuperar algo de mí. Pero mi orgullo precisa tiempo para procesar.

—Yo te llevo a tu casa. No necesitás la avioneta.

—Quiero estar sola.

—No hay problema Miranda. No voy a hacer otra cosa más que llevarte. No puedo dejarte sola con todo esto. Te llevo a tu casa y te prometo que no me interpondré en tus pensamientos en todo el viaje.

—Sabés todo desde el principio. No puedo creer que no te dieras cuenta.

—Así fue. No los uní. Ya te lo dije. Sos mi mujer, la única. Pero si dudás de mí, es porque no hay nada sólido entre nosotros. Si creés que te miento, no podemos seguir adelante.

Las piernas me fallan.

—¡Leonardo, tené las pelotas para decir la verdad! —mamá surge y lo desafía.

Miro a todos indagándolos.

—No dudo de Santiago —digo y caigo en sus brazos que me aferran desde sus entrañas mismas. Reconozco su alivio y me siento segura.

—Creí que me moría amor —dice y le creo.

—Llevame a casa, por favor, te lo ruego.

—Nos vamos —comunica.

*****

—Santiago, se lo ruego —Delfina me suplica ayuda.

Tengo a Miranda aferrada a mí, acompañándola a su cuarto, para recoger nuestras cosas.

—Miranda necesita tiempo —le contesto—. Aprovéchenlo para satisfacer sus demandas.

Los Serrano quedan desbastados en el comedor. Tomamos nuestros bolsos, subimos al auto y dejamos atrás la casona, el campo y toda la mierda que encierran sus padres.

Tiene la mirada clavada en el horizonte, mientras un sinfín de lágrimas la empapa. Quiero romperle los dientes, a todos lo que le hicieron tanto daño.

—¿Cómo fue todo? Contame, no me ocultes nada, ni siquiera tus impresiones.

—No va a gustarte Miranda. Creo que no es lo mejor seguir hurgando en eso hoy.

—Todo Santiago —ruega y exije—, ahora. Necesito todo junto.

—Yo empezaba en el estudio. Manuel tomó el caso de una mujer sin recursos que era pariente de la mucama de una amiga de Ana. Ana lo volvió loco hasta que decidió aceptar patrocinarla —sigue con la mirada clavada en la nada—. El caso estaba ganado de antemano, pero como era contra un hombre poderoso, Ana quería que se ocupara alguien de peso. Lo primero que se pidió fue una prueba de ADN. Tu padre se negaba, pero el abogado le creyó en su aseveración de que era imposible que fuera su hija, y terminaron aceptando la prueba.

Pienso ahora que seguramente Serrano supuso que podría manipular el resultado, pero eso no se lo digo.

—La prueba fue positiva. El juez determinó que llevara su apellido, los montos de su manutención, costas, etc. No tuvimos más noticias. En tanto tu padre cumpliera, la mujer no se contactaría con nosotros. Desconocía que se habían ido a Paraguay, eso me lo dijo tu padre ayer.

—Entiendo que él se manejó, de la misma manera canalla que hoy.

—La verdad Miranda, lo vi una sola vez en la audiencia conciliatoria. No me dediqué a examinarlo mucho. Para mí lo importante era buscar la forma de ganar. Suelo estar más concentrado en el colega que tengo enfrente.

—Hubiera preferido que me lo dijeras en el momento.

—Ya lo sé. Pero no era lo mejor, mi amor. Tenías que saberlo con sus propias palabras. Mi relato estaría despojado de sus razones. Yo no conozco, por qué las cosas se dieron para él de esa manera.

—Mi mamá es frígida.

«¡Mierda!»

—El fin de semana en casa, en medio de una borrachera, me lo confesó. Ella quería entender por qué nos deseábamos tanto. Él dijo que necesitó sentirse joven y se tentó.

—Este no es el mejor día para que te traduzca. Tal vez pienses que nos puede pasar a todos.

Por primera vez en todo el camino, me mira.

—No puedo creer que te vaya a decir esto.

—Escucho —dice entregándome toda su atención.

—Antes de conocerte, suponía que no se podía vivir sin sexo. —Tomo un segundo de tiempo, voy a confesarle lo que para mí, también es una increíble revelación—: Mamá me dijo que no hay nada mejor que estar en los brazos de alguien que se ama y la creí una tonta romanticoide.

—¿Cuándo te dijo eso Clara?

—Cuando vos y yo jugábamos al gato y el ratón. Pero tiene razón Miranda. Deseo con todas mis ganas volver a estar dentro tuyo, pero soy capaz de aceptar la castidad completa si eso te mantiene a mi lado. Tus gemidos son mi aire, tu cuerpo entregado a mí, es un placer indescriptible. Pero no puedo vivir sin vos Miranda. Si algo impidiera el sexo entre nosotros, lo único que me importaría, es no perderte.

Abre los ojos como platos y me río con ganas.

—Ya sé, ya sé. Como lo repitas o te agarres de eso, voy a negar mis dichos y no tenés testigos.

Se ríe y el sol vuelve a salir. Paro el auto a un costado de la ruta.

—Pero yo sé lo que siento cuando nos amamos. Gozo completamente con nuestra intimidad, no necesito nada más. Te amo, me excitás, me seducís, me llevás al placer y estoy completo. No me falta nada. No sé qué sucede con aquel tipo que no tuvo todo eso junto nunca, con la mujer que ama. Cuando tuve buen sexo pero sin amor, no me sentí pleno.

—Vos no tenías ni idea de lo que es el buen sexo, hasta que te agarré yo —me dice pícara y sé que volvió otra vez a mí.

—Hola Miranda.

—Hola doctor.

Capítulo 18

—Llevame a casa Santiago. Todavía estoy demasiado tensa. Necesito una ducha. Quiero sacarme de la piel el apellido Serrano.

—Mudate conmigo Miranda —propone.

Quedo con la boca abierta. Soy incapaz de recopilar tantas cosas. Incapaz de tomar tantas decisiones.

—Es demasiado pronto.

Lo hiero, lo sé. Ruego para mis adentros que me entienda. No objeta y toma rumbo a mi departamento.

—Al menos dejame quedarme. Mañana pasamos por casa para cambiarme.

—No te enojes. Necesito pensar, no puedo pensar si estás cerca —soy contundente.

Cristina y Federico, ahora duermen. No les conté nada, seguramente suponen que me peleé con mamá, al verme llegar tan demacrada. El departamento se ve triste esta noche.

Sumerjo todo mi cuerpo bajo el agua de la bañera y contengo la respiración. El llanto me obliga a tomar aire.

Dejé atrás una vida de mentiras. Pasé de comprender el carácter de mi madre, a odiar el de mi padre. Tengo una hermana. Seguramente ella tampoco sabe que existo. Le recriminé a Santiago su silencio, pero sé que hizo bien en dejar que fuera papá, quien me lo dijera. De esa manera pude conocer al respetuoso Serrano de Azul.

Tiene que decir la verdad. Tiene que reunirnos con su hija. Mis hermanos no se lo perdonarán. El pueblo lo catapultará en la deshonra. Mamá no podrá volver a presentarse ante la gente. Mi padre borró toda la familia por un polvo.

"Deseo con todas mis ganas volver a estar dentro tuyo, pero soy capaz de aceptar la castidad completa si eso te mantiene a mi lado."

Tiro el toallón al piso y dejo un reguero de agua por todo el baño. Corro a mi cuarto e improviso, metiendo en una valija, las cosas que creo voy a necesitar.

El de vigilancia me conoce y me abre. Toco el timbre:

—¿Sigue en pie su propuesta?

La valija se cae y hace un ruido seco contra el piso. Estoy a cincuenta centímetros del suelo, volando en sus brazos. Su boca ansiosa recorre mi cara, mi cuello, mi boca. Nos separa un paso de la puerta, que se cierra violentamente dejando mi equipaje afuera. Caemos sobre el sillón de cuero negro, yo arriba suyo. Sus manos me van desvistiendo y es muy hábil a pesar de que tengo la campera puesta, aunque desabrochada. Mi buzo vuela por los aires, la remera sigue sus pasos, pataleo el pantalón hasta mis tobillos ayudada por sus manos. Al recibirme, solo llevaba puesto su pantalón pijama caído hacia las caderas. Estoy en ropa interior, sobre Santiago, sintiendo su excitación y la mía. Somos la gata, la leona y yo, adorándolo a él.

La ansiedad se apropia de nosotros, la abstinencia se nos nota, pero la necesidad de sentirnos es más sentimental que carnal. No decimos una palabra, somos solo caricias y deseo por el otro. Santiago navega por mi cuerpo, como si fuera la primera vez que lo tiene delante suyo. No hay centímetro de Miranda Serrano, que su lengua y sus manos no recorran. Me degusta y marca como propia. Quiero esto. Quiero su placer absoluto. Quiero que me desee, tanto como yo lo deseo. Quiero darle el mismo placer que él me proporciona. La seguridad que me entrega. Es mío. Soy suya. Llegamos al clímax y me desarmo en sus brazos pegada a él.

—Estoy en casa —le digo.

—Bienvenida amor.

Pasamos mucho tiempo en esa posición, disfrutándonos, relajándonos. Sus manos no dejan de acariciar suavecito mi espalda y yo tengo la cabeza en su pecho mientras con una mano juego con su vello.

—¿Cuáles son las reglas de su casa doctor?

—Amarme y dejarme amarte.

—Puedo cumplirlas.

—Lo sé.

Me incorporo un poco y se acomoda debajo de mí.

—Quiero conocerla Santiago.

—Mañana comenzamos la búsqueda. Si pudiéramos ponerlo al tanto a Manuel, sería más rápido.

Pienso lo incómodo de eso. Pero entiendo que en algún momento se va a saber y cuánto antes suceda mejor.

—Se lo decimos juntos mañana. ¿Tiene hambre doctor?

—Sí.

—¿Pizza?

*****

Manuel se pone a nuestra disposición.

—No tengo los datos de Paraguay. Tenemos que comenzar a movernos. Voy a llamar a Ana, la prima de Lezcano trabajaba en casa de una amiga suya.

Miranda tiene la frente en alto, su gesto es decidido.

—Manuel, pienso pagar cada centavo que cueste esto —asegura.

—Ni se te ocurra —responde.

—Entonces tendré que hacerlo sola.

—Miranda —dice serio—, con los amigos no me guía el bolsillo. Lo hacemos juntos y los gastos corren por cuenta del estudio.

—No puedo aceptarlo.

—Me importa un carajo si podés o no. Lo voy a hacer igual.

Mi novia se cuelga del cuello del dueño del estudio, pero por alguna razón, no me pongo celoso.

—Miranda, a este pelotudo, que todavía no tengo ni idea, cómo hizo para ganarte… —dice refiriéndose claramente a mí—, lo quiero como a un hijo. Muy a mi pesar, lo reconozco.

Los dos se ríen y yo quedo afuera de la broma.

—Desde que están juntos, por primera vez lo veo maduro, contento. Si conseguís una amiga para Franco, que le haga lo mismo, pongo el estudio a tu nombre.

¿Franco enamorado? Solo pensarlo me da risa.

Somos un grupo de trabajo increíble. El estudio, Miranda, yo, Gabriela y hasta mi vieja, conformamos una sociedad empecinada en encontrar a María Sol Serrano Lezcano, de cuatro años.

Las dos de la mañana, el teléfono suena alarmándonos.

—Hola… Matías… —Miranda se sienta en la cama de golpe al oírme— Su celular está apagado cargándose… Sí, vive conmigo… Venite para acá ¿Tenés la dirección?... Te esperamos.

—¿Qué sucede?

—Tu hermano está en Buenos Aires. No te ubicó en el celular, fue hasta tu casa y Cristina le dio mi teléfono. Viene para acá.

Nos vestimos intrigados, pero más que nada, alarmados.

—¿Le habrá pasado algo a alguien? —me pregunta.

—Si fuera así, supongo que nos lo hubiera dicho por teléfono. Si vino es por otra cosa.

—No quiero pensar que es para censurarme porque estoy con vos.

Avisamos a la vigilancia del ingreso, que esperamos a Matías y el timbre en la puerta nos indica que llegó. Al abrirle puedo ver el cansancio que trae consigo. Me estrecha la mano y abraza a su hermana con fuerza. Nos sentamos a la mesa, Miranda preparó café, esperándolo.

—Perdonen la hora. Era urgente para mí venir a verte Miranda.

—¿Pasó algo malo?

—Todos están bien. Antes de empezar quiero decirles, que no me hace gracia que estés viviendo con él sin casarte.

—Matías por favor, no me levanté de madrugada para escuchar eso.

—Te lo digo igual, no me gusta guardarme las cosas. Ya lo sabés.

—¿Podés ir al grano por favor? —es enérgica cuando se molesta.

Yo me mantengo callado. Es un tema entre hermanos. Mientras no pretenda llevársela o levantarle el tono de voz, me la banco.

—Ayer, Martín y yo fuimos invitados a cenar a la casa.

Ya me imagino por dónde viene la cosa.

—Papá nos contó sobre la hija que nos ocultó.

Miranda escanea cada reacción de su hermano, yo solo puedo ver a un pobre tipo agotado.

—Sé que nos lo dijeron porque Santiago fue el abogado de la madre. El mundo es chiquito —dice mirándome.

—Perdoname Matías, le exigí a papá que se los contara. Estamos buscándola, para cuando lo lográramos, o se los decía papá o se los decía yo.

—¿La estás buscando? —pregunta— ¿Averiguaste algo?

—Por el momento estamos en plena tarea, el nexo que teníamos se perdió y lo estamos rastreando. ¿Están conmigo? —pregunta mi novia.

—Yo sí, a muerte. Martín opina como papá.

—Perdoname que me meta Matías. ¿Vos querés ubicar a la hija de tu padre porque considerás que también es tu hermana? —saber eso es fundamental.

—¡Obviamente! —me escupe enojado.

—¿Y qué de Martín?

—Martín es un pelotudo. Opina como papá, que no se le puede endilgar a un tipo, un hijo que no quería. Un reverendo idiota y egoísta que solo piensa en él.

Miranda se cuelga del cuello del hermano y se larga a llorar.

—Mamá está desbastada. Cayó en la cuenta de lo que sentimos nosotros y lo que sentirá la nena. En medio del griterío que se armó ayer en la casa, yo salí furioso y me siguió al auto. Dijo que opinaba como nosotros.

—¿Mamá está de nuestro lado?

—Totalmente. En el camino me llamó dos veces al celular, para ver cómo estaba. Tenía miedo que chocara. La última conversación tuvo que ver con su necesidad y la mía de ubicar a nuestra hermana.

—Evidentemente, tendría que haberla emborrachado mucho antes —dice Miranda y ni el hermano ni yo, entendemos de qué habla.

—Matías, estamos organizados. Tenemos a todo el estudio y mi familia atrás de sus datos —le informo.

—Qué vergüenza Santiago. Pensar que te increpé en la fiesta y mirá lo que somos nosotros.

—Ninguna vergüenza. Amo a tu hermana, es mi mujer, son mi familia.

Se para extendiendo los brazos. Accedo al abrazo y nos palmeamos fuerte la espalda.

—Tenés un lindo departamento. ¿Es tuyo o alquilás?

—Es mío —le respondo.

—¿Por qué mierda no se casan? Ustedes dicen que se aman. Cásense y al menos no voy a sentirme tan incómodo cuando venga a verlos.

Estamos en medio de un drama ¿y el tipo todavía es capaz de salir con eso? La miro a Miranda que no hace caso del reclamo y está con la cafetera en la mano sirviendo otra ronda. Es tan linda descalza, peinada a los apurones, con una remera suelta y un pantalón flojo de deportes. Sin una gota de maquillaje y es la Diosa más infartante que pisó la tierra.

—¿Cómo ayudo con la búsqueda?

—Mirá acá somos un montón. Mañana en el estudio te paso todo lo que fuimos recabando hasta ahora. Creo que lo mejor es que después regreses a Azul, por si Martín y Leonardo tejen redes. ¿Tenés hambre?

—Para nada —dice levantándose para irse.

—¿A dónde vas? —pregunto.

—Voy a buscarme un hotel para descansar. Nos vemos mañana en el estudio, dame la dirección.

—De ninguna manera. Tengo un cuarto libre, te quedás acá —le digo resuelto.

—Sos loco, ni en pedo.

—Matías, no me desprecies el ofrecimiento.

—No es eso, es que no quiero incomodarlos.

Miranda parece que se despertó de golpe. Tiene los ojos como platos. La miro buscando su aprobación y la muy guacha, levanta las manos y baja la cabeza desentendiéndose.

—Te quedás acá. ¿Trajiste algo cómodo o te presto un pijama?

—Salí directo de la casa para Capital. Pero no necesito nada…, a lo mejor mañana te pido para afeitarme.

Solos en nuestra habitación y con el antiguo inquisidor en la de al lado, Miranda desnuda, se mete en la cama a mi lado.

—Y, digo yo… —insinúa felina—, si prometo no gemir muy fuerte…

—¿Miranda vos querés que el tipo me mate? Nosotros no nos caracterizamos por lo calladitos.

Pega su cuerpo al mío, con una mano me recorre el pelo del pecho y con la otra se apoya en la almohada. Me da besos en la mejilla, en la comisura de los labios y por más que giro para entregarle mi boca, la esquiva y sigue por el cuello y bajando… bajando.

—Lejos de mí Satán —le digo bromista, pero la tengo atrapada entre mis brazos y se retuerce juguetona en ellos.

Ya es demasiado tarde. Dormir ahora para tener que levantarnos en un rato no tiene sentido. Soy capaz de gemir para adentro y espero que ella también lo logre, o no llegaremos al estudio, sanos.

¡Guau! La adrenalina de saber que el hermano está en la habitación contigua, le pone mucho sabor al encuentro y terminamos largando nuestro grito de alivio, ella sobre mi pecho y yo contra la almohada.

CAPÍTULO 19

—Urgente los dos a mi despacho —Manuel llama por el intercomunicador.

—La tengo. Ubiqué a la prima y me dio el teléfono. Están en Buenos Aires.

El corazón no me entra en el pecho.

—Buen día, ¿hablo con la señorita Lezcano?... Soy el Doctor Manuel Salerno… No ningún problema, le explico el motivo de mi llamado… La señorita Miranda Serrano se contactó conmigo. Sabe de la existencia de María Sol y quiere conocerla para entablar con ella la relación de hermanas.

No puedo esperar, siento que me voy a desmayar. En la respuesta de esa mujer están mis esperanzas. Pienso que Manuel fue demasiado directo al grano, se van a asustar y volveremos a perderlas.

—Como usted prefiera… De acuerdo… ¿Le parece en mi despacho o prefiere otro lugar?... Muy bien, si está de acuerdo podría ser en la tarde. Digamos… ¿a las diecisiete horas?... Perfecto, la estaremos esperando.

En cuanto el trabajo del día termine, conoceré a la madre de mi hermana. Lo llamo a Matías a Azul, para comentárselo. Santiago me abraza compartiendo mi emoción y con Manuel nos felicitamos por el primer éxito.

—Tranquila Miranda, esperá a ver cómo se dan los hechos. No la recuerdo a la mina como jodida, pero no sabemos qué pasó en todo este tiempo —dice Santiago.

Amo a éste hombre que está siempre tan pendiente de mí.

Gabriela, salta y pega un grito en el teléfono, cuando le cuento que podré ver a la madre de mi hermana, en la tarde. Pocos minutos después, es Clara la que nos llama para darnos ánimos y tranquilizarnos. Federico y Cristina, están en el estudio, intentando que yo no me coma hasta los codos. Somos un clan con engranajes perfectamente engrasados, que nos movimos solidarios y unidos en post de encontrar a María Sol y a su madre. Mi familia ha crecido maravillosamente gracias a todos ellos.

—Miranda, todo va a salir bien —me asegura Santiago.

A las cinco en punto, una mujer entra al estudio vestida de manera arreglada pero sin lujos, tendrá cerca de treinta años. Se la ve un tanto avergonzada y alerta.

—Señora Lezcano, la señorita es Miranda Serrano —se apura a presentarnos Santiago.

Estrecho su mano y entramos a la sala de reuniones de Manuel.

—Yo no sé qué quieren, pero mi hija es mía y está bien así —es la primera frase que dice.

—Señora yo…, yo no quiero alterar su vida ni la de mi hermana. Con mi hermano Matías, estamos ansiosos por conocerla, hacerle saber que existimos y poder formar con ella un vínculo de hermanos.

—María no necesita hermanos. Ella piensa que su papá murió.

—Pero eso no es cierto y estamos nosotros…

—Señorita, yo no tengo por qué dudar de sus buenas intenciones, pero no la conozco —dice sin dureza—. Mi hija es una nena feliz. Si llega a saber la verdad, conocerá también que su padre no murió y que la aborrece.

La entiendo y el corazón se me parte. ¿Qué argumentos tengo para contrarrestar eso? Lo miro a Santiago desesperada.

—Señora Lezcano. Es perfectamente entendible su punto. Supongo que al principio necesitará de acompañamiento psicológico, pero cuando comprenda, tendrá mucha más gente afectuosa a su lado. Los chicos manejan estos temas mucho mejor y más rápido que nosotros.

—Doctor Albarracín, ustedes fueron muy buenos con nosotras. Yo les estaré eternamente agradecida, pero armé nuestra vida bajo esa mentira para protegerla. No voy a poner en riesgo la salud de mi hija, ni la mía propia. ¿Cómo se enteró Miranda?

—Soy la novia del doctor Albarracín, a mi padre no le quedó más remedio que confesarlo. Mis hermanos, mi madre y yo estamos al tanto.

—¿Y todos piensan como usted? ¿Su padre sabe que nos estaba buscando?

—Mi hermano mayor y mi padre no están de acuerdo en esta búsqueda —reconozco—. Somos mi madre, Matías y yo.

Empiezo a perder cada uno de mis argumentos. Sé que tiene razón y que está protegiendo a su hija. La hermana que tanto busqué, se me escapa y no soy capaz de retenerla.

—Miranda, comunicate con Matías y hablá con él a solas. Manuel y yo, le ofreceremos algo para tomar a la señora Lezcano.

Uso el despacho de Manuel y lo llamo. Escucha todo mi relato en silencio. Finalmente:

—Miranda la mujer tiene razón. María tiene cuatro años, es muy chiquita. Pensá como te sentiste cuando te enteraste que tenías una hermana. Pensá como se va a sentir ella, cuando nos conozca y sepa que papá la niega y uno de sus hermanos también. Imaginanos en el cumpleaños de una de mis hijas. ¿A quién invito? ¿Los junto a todos? Yo lo hago, y me voy a sentir bien con mi conciencia, pero, ¿y ella? ¿Cómo se va a sentir teniendo enfrente a papá y a Martín?

—¿La dejo ir?

—¿Tenés forma de armar una charla donde todos podamos hablar?

—Puedo una videoconferencia, así nos vemos las caras.

Es lo que hago. Regreso con ellos, que aceptan mi propuesta.

—Encantado señora. Soy Matías Serrano, permítame decirle lo apenado que estoy de la situación a la que nos empujó mi padre. Miranda y yo hemos perdido cuatro años de la vida de quien consideramos nuestra hermana.

—Lo entiendo, pero ya le expliqué a ella que…

—Disculpe, no es que quiera interrumpirla, solo trato de evitarle el dolor de tener que explicar nuevamente, lo que los dos ya entendimos.

No quiero perderla. No quiero, me resisto. Se me ocurre una idea y la planteo:

—Les propongo algo que nos acerque a ella, sin alterar su vida —digo ilusionada otra vez—. Señora, le vamos a comentar cómo mantenerse en contacto con nosotros. Lo que quiero pedirle es que nos tenga informados de cómo va creciendo, qué siente, qué cosas le gustan, fotos, videos si fuera posible. Le enviaremos regalos y lo que usted crea que necesite.

La mujer está llorando acongojada y le acaricio la mano.

—No quiero lastimarla, quiero sentirla como mi hermana. Por favor, déjeme acercarme a María, aunque solo sea de esa manera. No voy a interferir en sus decisiones, usted es la madre. Pero si alguna vez puede decirle que existimos y que queremos estar con ella, no importa cuando sea eso, por favor hágalo.

Nos mira y asiente—: Gracias Miranda, gracias Matías. No saben lo que fue para mí sentir que lo que más amo en la vida, era rechazado por su propio padre. No lo hice a propósito, pasó, pero no me arrepiento. María es mi vida.

Después que la madre de María se va, caigo en el sillón sin fuerzas. No podré besarla y darme a conocer como su hermana. Pero voy a saber de ella. Tal vez cuando crezca y sea una mujer, yo pueda darme a conocer como lo que somos. Hermanas.

—Mi amor sos una genia. Tu idea fue excelente —escucho a Santiago como en una nebulosa— Un paso fundamental para comenzar un vínculo, para que a medida que los conozca, ya no se pueda romper.

—Miranda me saco el sombrero —dice Salerno padre y dirigiéndose a Santiago, increpa—: Un montón de guita invertida en tu carrera, años de experiencia… ¿y no se te ocurre a vos? Voy a pensar seriamente en asociarme con ella.

—¡A mí que me decís! Yo hago comercial. El que hace familia sos vos. Mirate un poquito para adentro.

Nos reímos los tres.

CAPÍTULO 20

Desde la ducha siento el aroma a café recién hecho. Miranda trajo la cafetera exprés de su departamento y soy un adicto a ella.

Estoy en la gloria. Resigné mucho de mi vestidor y gran parte de la biblioteca. En el vanitory hay cremas, perfumes y elementos femeninos mezclados con dos o tres cosas mías. Sobre la barra de la cocina siempre descansa una canasta con fruta fresca, la heladera quedó chica y descubrí que mi departamento venía con horno convencional. Su perfume a jazmines se apoderó de mi almohada y estoy en la gloria.

Me hago el nudo de la corbata, mirando en el espejo, al tipo afortunado que se refleja allí.

—Mmm… —me ronronea y dudo si terminar de arreglarme la corbata o sacármela y llegar tarde al estudio.

—Señorita Miranda… —digo haciéndome el difícil.

—Lo sé doctor, lo sé…

Me acaricia la espalda y eso dispara todas mis hormonas. Tiro la corbata al piso y me entrego a la Diosa que vive en mi departamento. ¿De dónde saco tanta energía? No podemos estar juntos sin tocarnos y eso siempre termina en revolcones increíbles.

—A vestirse —dice saltando de la cama—, no me haga llegar tarde que mi jefe se enoja, cuando no me encuentra en mi puesto.

—Soy un hombre mayor señorita, por favor no abuse de mí de ésta manera.

Se ríe y me vuelvo loco. Tal vez tengamos unos minutos más.

Estamos los dos frente al espejo del baño. Otra vez trato de anudarme la corbata, mientras ella da un toque de color a sus labios, que por cierto no lo necesitan, se los dejé ardiendo. Me muero por ella.

—Miranda —digo con tono formal— Quiero que esta noche cenemos en un restaurante.

—No tengo objeciones. Espero que mi jefe no pretenda tenerme trabajando horas extras.

—Creo que él tiene bien en claro que eso para vos, es imposible.

—Franco tengo que hablarte en privado— digo a mi amigo, metiéndome en su despacho y cerrando las puertas.

—¿Qué pasa? ¿Te metiste en líos con una mina y no puede escuchar Miranda?

—No seas idiota. Tengo que hablarte de algo serio. Como lo tomes a risa te mato.

—Soy todo oídos.

—Estoy enamorado de Miranda.

—Para decirme eso no necesitás cerrar la puerta. Te aseguro que ella lo sabe más que bien. Sos un pelotudo últimamente.

—Cerrá la boca y escuchame…

*****

Es raro que se encierren. Que yo sepa no hay ningún tema del estudio en el que yo no pueda participar. Tal vez tenga que ver con Franco, últimamente tiene más llamados femeninos que de costumbre.

No quiero perder tiempo, hoy no puedo retrasarme, tengo una cita para cenar con mi novio.

Entramos al restaurante sumamente elegante, vestidos perfectamente acorde con el lugar. Se ve que la fantasía de hoy pasa por ahí. Espero que no se le ocurra alguno de esos asaltos en los que termino con la ropa destrozada, porque esta me encanta y no quiero perderla. Lo miro… está tan elegante, tan atractivo que mi ropa deja de interesarme y en este momento solo quiero terminar de cenar rápido para llegar a casa.

Ordenamos. Estoy expectante por conocer qué se trae entre manos.

—Señorita Miranda Serrano —dice solemne.

—Doctor Albarracín —ya empiezo a vislumbrar que hoy jugamos a los desconocidos.

—Muero por sus ojos, por su risa, por su compañía…

—Lo comprendo Doctor, reconozco mis encantos.

—¿Podés mantener tu lengua un segundo dentro de tu boca sin moverla? Por favor.

«¡Bueno! Aclarame a qué jugamos, así puedo cumplirte mejor la fantasía». Pero no se lo digo. Me mandó a callar.

—Desde que está conmigo soy un hombre pleno… feliz.

¿Estaremos de aniversario y se me pasó?

—No quiero vivir lejos suyo ni un solo segundo. La necesito a mi lado… conmigo… mía.

Hago un gesto como preguntando si puedo hablar, pero me tapa con la mano la boca, y sigue.

«Ufa, yo también quiero decirle cosas lindas».

—Pero tengo un grave problema…

¡Dios! Me falta el aire. No quiero problemas, yo no tengo problemas con él.

—No puedo llamarla mía.

—Santiago por favor…—el miedo me recorre todo el cuerpo—, soy tuya, no existe nada más que vos y yo…

Pero vuelve a taparme la boca, ahora con un besito y me tranquilizo.

—Si no te callás no sigo.

Debe ser parte del juego. Hoy está mandón. Muevo la cabeza asintiendo de manera exagerada y pongo cara de nena que acepta el reto. Se traga la risa para no salirse de su papel.

—Como le venía diciendo… no puedo llamarla mía, no tengo ningún respaldo legal para sostenerlo.

«¿Qué?»

Se sonríe, pierdo la noción de todo cuando se ríe.

—Quisiera subsanar ese inconveniente. ¿Sería usted tan amable de ayudarme?

—¿Perdón?

No entiendo. ¿Está jugando? ¿Habla en serio? Hoy me perdí, no sé por qué no puedo seguirlo.

—Soy abogado, conozco de leyes, no me gusta estar en contravención y fuera de ellas.

Me toma las manos entre las suyas. Su contacto es encantador. El botón del deseo se prendió dentro de mí, quiero seguirle su juego que todavía no comprendo, pero ya estoy excitada. La gata quiere arañarlo y ronronearle en su falda al mismo tiempo.

—¿Quisiera ayudarme a salir de mi problema, casándose conmigo?

No respiro. Estoy petrificada, lo veo sacar de su bolsillo un estuche. Mis neuronas me abandonaron, la leona está tirada patas arriba entregándole la panza. Abre el estuche y me muestra un hermoso anillo sinfín de zafiros y esmeraldas. Lo toma en una mano y me lo enseña esperando mi respuesta para saber si puede ponerlo en mi dedo. Mis mejillas están mojadas.

«¿De dónde salen tantas lágrimas?»

Logro recuperarme un poco y desde mi corazón le contesto:

—En esta vida, en cualquier otra vida pasada o futura. Desde que nací y hasta que me muera… soy tuya, dentro o fuera de la ley —y me importa un pito si le resultó cursi. Es tal y como lo siento.

Pone el anillo en mi dedo y la felicidad le brota y me brota por cada poro. Beso su anillo ahora mío y la mezcla de mis palabras y mi gesto lo arrastran desde su lugar hasta quedar sentado junto a mí, en el box íntimo donde nos ubicaron. Sus besos ardientes y agradecidos me atrapan. Lo abrazo y le devuelvo cada contacto. Olvidándome que estamos en un sitio público, de un salto y ayudada por él, termino a horcajadas suyo, rodeándole el cuello, besándolo sin entender cómo hacemos para respirar, ni dónde termina mi cuerpo y comienza el suyo.

—Disculpen —dice el camarero arruina declaraciones amorosas—, tengo que pedirles que se retiren.

La carcajada que le entregamos suena por todo el salón. Santiago saca de su billetera dinero, lo deja sobre la mesa y tira de mí, tomándome de la mano. Casi dejo mi cartera en el asiento por su impulso.

Entramos en casa ardiendo. En el camino para llegar desde el restaurante hasta acá, seguro se nos sumó más de una multa de tránsito y espero que no se lleve también el permiso para conducir de mi futuro marido. Yo no uso su auto.

Ya habíamos aprendido a llegar a la cama para hacer el amor, pero parece que hoy, eso se nos olvidó y otra vez retrocedemos en el tiempo y estamos tirados uno sobre el otro, en el sillón del living. ¡Guau!, si este mueble hablara.

Nos entregamos al placer descontrolados. Santiago sabe cómo hacer para que mi cuerpo tenga bien en claro que es de su posesión. Lo conoce como la palma de su mano, recorre cada centímetro de mi piel, con sus dedos y boca experimentada. Yo no me quedo atrás, soy un vampiro sediento que solo quiere verlo gozar.

—Si voy a ser su esposa, debería comenzar por ocuparme de sus necesidades —le digo.

—Creeme Miranda que mis necesidades las tenés más que bien atendidas.

—Me alegra, pero yo me refería a que su declaración nos impidió cenar. Recuerde que fuimos invitados a retirarnos del restaurante. ¿Quiere comer algo?

—A vos.

—Si me come no podrá casarse conmigo.

—¡Dios no permita!

—Bien, con lo cual, considero que sería mejor calentar algo. Lo espero en el comedor doctor.

—Algo rapidito Miranda, mi hambre esta noche pasa por otro lado.

*****

-.-

Para: Manuel Salerno; Franco Salerno
De: Doctor Santiago Albarracín
Asunto: Junten guita.

A ver si se van comprando un buen traje.
Dijo que sí.
Manuel, sos mi padrino en la iglesia.
Franco, te declaro mi testigo en el civil.
Más les vale que el regalo esté a la altura. Es el único que van a hacerme, no pienso volver a casarme.

Estudio Jurídico Salerno
Doctor Santiago Albarracín
Abogado Adjunto

-.-

Franco entra en mi despacho, con una botella de champagne en una mano y mi novia en la otra. Si no fuera mi amigo, ya se estaría quedando manco.

Descorchamos y parte de la bebida cae sobre el piso. Tengo a mi futura esposa sonriendo en mis brazos y a mi amigo más que contento sirviéndonos, para festejar.

La respuesta de Manuel llega a mi notebook y la leemos juntos los tres.

-.-

Para: Santiago Albarracín
De: Manuel Salerno
Asunto: Re: Junten guita.

Me alegro por vos, lo lamento por ella.

¿Sabe dónde se mete? En un contrato las partes tienen que estar bien enteradas de las condiciones a las que se comprometen. No lo olvides.
¿Están seguros que Franco como testigo es buena idea?
Acepto el padrinazgo. Pienso comprarme un *Ermenegildo Zegna*, la ocasión lo amerita. Así que, más te vale no volver a casarte. No me gusta desperdiciar la guita.
El regalo ya lo decidí. La luna de miel va por mi cuenta. ¿Un mes en Europa te interesa? Tratá que sea en feria judicial, estoy viejo para hacerme cargo de todo.
FELICITACIONES. Estoy muy contento.

Estudio Jurídico Salerno
Doctor Manuel Salerno
Abogado — Director
-.-

No terminamos de leer su mail que ya todo el estudio, incluido el jefe, están en mi despacho con copas y champagne.

Manuel nos abraza emocionado. Yo miro a mi adorada novia, la estrecho fuerte contra mi cuerpo y la beso enamorado, ante el aplauso de todos.

FIN

④ AGRADECIMIENTOS.

Finalmente me decido a publicar la historia de Santiago Albarracín y Miranda Serrano. No lo hice antes, porque es una novela que disfruté mucho escribiendo, me encariñé con los personajes y me costó hacer el duelo de desprenderme de ella para compartirla con los lectores.

Quiero agradecer a Silvia y Cristina, que son mi prueba de fuego, leyendo todo lo que escribo y regalándome sus pareceres.

A Macarena, que realiza las portadas que sueño para mis libros. Otra vez a Silvia, por proveer material para las tomas de la portada.

A las queridas lectoras que no solo leen mis libros, sino que hacen público que les gustan y me envían mensajes cariñosos, que aprecio muchísimo.

A Tiaré, porque desinteresadamente me obsequia montajes para publicitar mis historias.

A Inma, que es simpatiquísima y dueña de un alma generosa.

Por último, permítanme agradecer a mi numerosa familia, que me ayuda entregándome tiempo, cariño y ánimo. Los amo.

Gracias también a usted, por interesarse en mi novela. Ojalá la haya disfrutado.

Con el cariño de siempre

María Border

CPSIA information can be obtained at www.ICGtesting.com
Printed in the USA
LVOW05s2113150115

422989LV00035B/2338/P

9 781490 403014